KB127645

자유 또는 사랑!

로베르 데스노스Robert Desnos는 프랑스의 시인이자 소설가이다. 초등교육만 이수하였으며, 학교를 자퇴한 후로는 독학하였다. 일찍부터 시인이 되고자 했던 데스노스는 1922년부터는 앙드레 브르통이 주도하는 초현실주의 운동에 참가한다. 1929년에는 점차 정치색이 짙어지는 브르통과 결별, 저널리스트로 활동하거나 라디오 방송 작가로 활동하는 등 다방면에서 이름을 떨치게 된다. 제2차 세계대전에는 나치 점령하 프랑스에서 레지스탕스로 활동하다가 1944년에 게슈타포에 체포되고, 수용소를 전전하다 1945년 체코슬로바키아의 테레지엔슈타트 수용소에서 티푸스로 사망한다.

옮긴이 이주환은 1988년 서울에서 태어났다. 서울대학교 불어불문학과를 졸업하고 2013년 동 대학원 불어불문학과에서 〈셀린Céline의 《밤 끝으로의 여행Voyage au bout de la nuit》 연구: 죽음의 언어와 주체성의 탐색〉이란 논문으로 석사 학위를 취득하였다. 전간기戰間期 문학 연구에 관심을 두고 있으며, 현재 공군사관학교 프랑스어 교관으로 재직하고 있다.

2016년 11월 4일 초판 1쇄 펴냄

지은이 로베르 데스노스 | 옮긴이 이주환 | 펴낸곳 읻다 | 펴낸이 최성웅 | 책을 만든 사람들 김마리 김보미 김영수 김잔섭 김현우 김희윤 다다 박술 박효숙 은지 이주환 최성웅 | 등록일 2015년 3월 11일 | 등록번호 제300-2015-43호 | 주소 04542 서울시 중구 삼일대로12길 13, 백양빌딩 303호 | 홈페이지 ittaproject.com | 이메일 itta@ittaproject.com | 팩스 0303-3442-0305 | ISBN 979-11-957351-5-0 04860 979-11-957351-0-5 (세트)

자유 또는 사랑!

로베르 데스노스 지음

이주환 옮김

인다

차례

혁명에게,

사랑에게,

그리고 둘 모두를 육화하는 여인에게.

• 일러두기

1. 이 책은 Robert Desnos, La liberté ou l'amour!(1927)(éd. Gallimard, coll. 《L'imaginaire》, 1962)를 우리말로 옮긴 것이다.
2. 9번 주석을 제외한 본문의 주는 옮긴이의 것이다.
3. 맞춤법과 외래어 표기는 1989년 3월 1일부터 시행된 〈한글 맞춤법 규정〉과 《표준국어대사전》(국립국어연구원)을 따랐다.

아르튀르 랭보 작, 〈밤새우는 사람들〉[1]

시계視界 희미한 해안가에 모나게 선 등대들,
거품 이는 암초를 몰래 밝히는 것들이,
침몰하려는 배들을 위해 구사일생의 빛을 내리길,
비록 돛이 겪는 수난의 이유를 등대는 모를지언정

그들은 오래도록 희미한 수평선을 향하여
크리스토퍼 콜럼버스의 절망스러운 구조 신호를 보내리
화살기도에 응답하여 모종의 야만이
힘주어 신발 굽의 흔적을 밟아 새기기 전까지

언젠가는, 문명이여! 네 부끄러운 잔물결을
샛노란 태양의 불길에 지워나갈,
항해에 열중한 키잡이, 어느 흑인 왕이
우리를 다시금 동물 무리로 되돌리기를

우리는 히스테릭한 물고기를 너무 많이 먹었네
생선 가시가 우리 손에 성흔을 새기어,

1　베를렌이 《저주받은 시인들Les poètes maudits》에서 극찬했으나 정식으로 발표되지 않은
채 원고가 분실되었다는 '전설적인' 랭보의 시로, 1871년 파리 코뮌의 붕괴에서 영감
을 받았다고 한다. 《자유 또는 사랑!》에 수록된 〈밤새우는 사람들〉은 데스노스가 날
조한 것이다.

가득 찬 위장이 여로의 배앓이를 할 때,
이따금 신비한 만남을 꿈꾸게 하였지

우리는 밤새 잠들 것이네, 가녀린 어떤 꿈이
이맛살을 구기며 우리의 발걸음을
다른 도시를 향해 돌리지 않는다면,
무성한 잎을 마주하고 난폭함의 안도감 속에서

구조된 선원들을 인도하던 별,
형형한 그 별빛을 받아가며
폭풍우 속에 수염 휘날리던 늙은 늑대들,
정열적 용기 우리에게서 사라진 지 오래인데

실망에 찼던 눈을 우리 스스로 때려 으깰 정도로
전율에 차, 짚더미와 이불 가운데 웅크려가며
해산하는 여인의 침상에서 주술사가
신성한 탄생을 알릴 때가 좋았네

아! 이제 지긋지긋하다, 벽과 광장을 무너뜨려라!
별이여! 신음하는 돛들이 암초 가득한 물길 따라
잇몸이 피로 물든 정복자들을 만족을 모르는
죽음으로부터 실어 나를 때가 좋았네

〉

그러나 쐐기풀이, 높게 자란 독당근이
피부를 핥거나 위장을 물어뜯은 적 없는 우리에게
별이란 해먹처럼 흔들리는 밤하늘을 향해
옹색한 도시들 가운데 난 십자창일 뿐

불 켜진 램프, 그리고 커튼 주름 너머의 거리에서,
우리는 어느 여인의 가슴 실루엣을 보네,
비록 조잡하고, 대개 파열하는 것 같은 한 목소리가
짐짝 같은 우리 꿈을 부순다 하더라도

아! 교차로마다 벌어진 총살의 시간
앙졸라스Enjolras[2]의 마음에 다소간 휴식이 주어졌을 때
그들은 감동에 젖어, 베푸르Véfour 식당의 만찬 되새기며
지붕 밑 다락방들을 향해 탄식을 내뱉었다네

우리는 빛으로 그린 돌차기판 위에서 놀았네
눈 깜빡이며, 그리고 여자 속옷을 감춘
마부들이 대문을 통과할 때 내던 소음에,
시끄러이 반향 하던 그 소음에 방해받으며

---

2   빅토르 위고의 《레미제라블》에 등장하는 혁명가이며, 총살로 최후를 맞이하는 인물
이다.

11

＼

미끈한 뱀의 움직임을 흉내 내면서
사랑이 우리 수중에 들어올 때, 우리는 절망하여,
이어질 것도 생각 않고 다음날들을 남겨두었네
멍청하게도, 성당 앞자리에서 훌쩍거리는 교구 재산관리인처럼

아, 픽션이여, 위안을 주는 네 몸을 꼭 껴안을 만한
제 남성적 정력을 의심하며, 역겨움 느껴가며,
편집증적으로, 확신도 없이, 우리는 녹색 마법 물약을
동물적인 행복감에 젖어들 때까지 들이켰네

지나고 보면 슬픔이란 더욱 좋은 강장제
나무에 피는 접시꽃보다도, 따스한 키니네보다도
우리 모두는 벌거벗은 채, 각자의 플라톤적 지옥에 이르렀다네
기묘한 호랑이에게 살해당한 심장까지를 드러낸 채

괴혈병을 이겨내고, 루이 금화를 씹어 삼키던
우리의 강철 이빨과, 돌출한 아래턱은
끝도 없는 승천을 꿈꾸느라 퇴화해버렸고,
그렇게 흘러나온 피는 우리 사악한 입술을 적시었네

오, 견갑골을 숙여 보이는, 얼핏 보인 여인들이여,

장밋빛 코르셋을 바지 옆에 개어놓는 이들이여,
너희 평평한 가슴은 어떠한 입맞춤들로 꽃피었는가
밤이 우리네 발치마다 종마들을 뿌려댔을 때

조용히 하라, 울부짖는 아가들아! 모래 언덕 아래로
흘러가는 물줄기보다도 더욱 많은 양떼 같은 추억이여
우리는 이 비굴한 반추동물들을 끌고 멀리도 왔다네
미래를 향해 돋은 뿔이 운명을 흉내 내던 동물들을

사라지거라 조잡한 것들아! 기종氣腫 걸린 돈 후안아,
보라, 체계 위에 세워진 삶을 견디다 못해
우리 손가락은 곱았고, 근육은 쪼그라들었고,
두 발은 좁은 길 통과하는 데 지쳐버렸네

그리고 이제, 가로등의 호수를 빠져나가며,
우리 온통 푸른색 빛 밝은 포도鋪道에 요구한다
사춘기의 활력을 욕망에게 돌려놓기를,
우리 가슴 추위에 떠는 길고양이처럼 잠들어 있기에

철도여, 헛되게도 우릴 쫓으며 절규하라,
필요하다면 우리 눈멀고 귀먹은 채로 무리 지어 살 것이며,
밀림의 야성적 냄새도, 사랑 중인 상어들이 일으키는

어두운 찰랑거림도 그리워하지 않으리라

창백한 이론 속에 잠긴, 가슴 깊은 곳에서 태어난 악몽이,
잠든 도시에 길고 긴 악몽들이 찾아오기를
어떤 밤이 또 우리 눈앞에 집게발을 들이댈까?
어떤 화산이 우리에게 제 찌꺼기들을 뱉어낼까?

여기 우울의 도시 안에 몰락한 주민들,
아프리카 끝자락의 알제리 보초보다도 더욱 몰락한 이들,
우리 목청 안에 북소리와 같은 헐떡임이 숨어 있다네
플란넬 모포 속에 떨고 있는 부르주아들을 쫓아내려는

우리는 충혈된 동공을 위해 떠올릴 것이네
기차가 그들 눈꺼풀을 반쯤 들어 올릴 때면
가슴팍 열고 권태로 침 흘리며 추잡한 눈빛 던지는
철도 건널목지기로부터 멀리 떨어진 행진을

건널목 앞에 멈춰선 시골 사람들아,
그대들은 시끄러운 객차를 향해 주먹을 뻗었네
그대로 거기 머무르라, 여자들과 바보들과 함께,
그리고 되도 않게 철도 신호기 흉내를 내는 성당과 함께

대화재가 일어나 저 돌덩이들을 집어삼키지는 않을**까**,
사지 마비된 자처럼 등이 굽은 저 성당들을?
새로운 로베스피에르들은 그들에게 가차 없이
골라 뽑은 암소와 당나귀 들을 돌려줄 것인가?

성합聖盒 둘러싸고 밤을 지새는, 불꽃은 더욱 커질 것이네,
그리고 뺨이 통통한 성인들을 혀로 핥아가며,
즐거운 축제 가운데, 소방사의 펌프 소리 시끄러운 가운데,
불길은 마침내 존재 연한이 지난 신 셋을 파괴할 것이네

두 팔 십자로 교차시키고 몸을 뻣뻣이 해도 소용없다네,
그리스도여! 너는 결코 보지 못하였네, 독성을 지닌 해초가
죽은 물고기들의 이마에 왕관을 씌우는 모습을
그리고 익사자들의 포도주 빛 상처를 붕대처럼 감싸는 모습을

가스등이 사랑스럽게 노래하는 마을에서,
무도회 불빛 아래, 건장한 젊은이들이
앙큼한 입술들 위로 제 입술을 맞추는 가운데,
그대의 교회는 놀라운 피해를 입고 마네

밤새 잠들지 않는 무시무시한 사람들이

판자로 가건물을 세워가며 일어서는 때가 그때
부축받으며 일어나, 숨 가빠 하며, 그들은 때때로
저들 권태를 퍼트리기 위한 폭풍 같은 기침을 내뱉네

그들은 마비된 손가락들을 붉은 화롯불에 녹이고
그들의 두 눈은 폐허를 바라볼 때 만족하네
그들은 떨며, 자문한다네, 호메로스에 따르면 영웅들이
수도 없이 많은 쥐떼를 정복했다는 것인지

그리고 찬바람 머물다가는 벽면들 위로,
거기 때때로 종이 쪼가리들이 남아 있는 위로,
그들은 뺨을 괴고 졸고 있는 자기 연인들을 다시보고
헌 옷 장수가 옷가지 세듯 사랑을 세어본다네

비단이며 면직물들을 마구잡이로 쌓아가며
밤에 거둔 옷가지들을 아침마다 살펴보는 자들처럼,
또한, 눈보라가 그들 마분지 같은 얼굴을 물어뜯으면,
고대 비극 배우들이 신었던 두꺼운 신발 꿈꾸며 발을 구르네

그들은 조네, 저질 담뱃잎으로 코가 막힌 채,
환기창 사이 따스한 입김과
갓 구운 빵 냄새가 안개 속으로 뿜어져 나올 때,

그들 이부자리에서 형리刑吏들이 깨어날

어느 범죄의 새벽, 하인들이 땀 흘려가며
큰길 끝에 처형대들을 세울 때,
생기 어린 눈으로, 젖가슴을 주무르며,
우리가 실패한 사랑과 실패한 죽음을 떠올릴 때

사냥감처럼 몰려, 꺼져가는 잉걸불 앞에 녹초가 되어,
그들은 안개 속에서 아침 해가 떠오르는 것을 보네,
우유 배달원이 두리번거리며 집집마다 방문하는 것을 보네,
그리고 무장 경관이 창녀들을 끌고 가는 것 또한

아니, 우리의 서정적인 밤샘은 거기 없네
자정의 흡혈귀들이 우리 눈을 둘러싸고,
놀란 우리 광대뼈는 핏빛으로 붉어지기 때문,
비단결처럼 부드러운 입맞춤 아래 우리 입에서는 피가 흘렀네

단두대를 둘러싸고, 새로운 골고다 언덕의 계시를
기다리는 군중들인 우리, 사랑이
침대 둘레에 친 커튼 끈으로 묶어준 우리,
이름들이 귀족 명부를 모독하는 자들인 우리,

오페라극장에서, 진주를 걸친 여자들의
파인 등 부분을, 기쁘게 주먹질하는 우리
우리들, 파도 부서지듯 흐르는 기세로
고기의 맛을 본, 다른 배 가라앉히는 전문가들,

재앙으로 사랑을 흩뿌리는 이들, 핏빛 바다 한가운데
멍청한 무리를 빠트리는 빌어먹을 놈들,
정박한 여객선들의 허리에 매인 밧줄을,
그리고 무정한 소녀들 허리까지 내려온, 땋은 머리를 끊는 자들

회한이 노인네들을 집어삼키고, 잔혹한 땅거미가
활대며 선구船具에 대한 그들의 욕망을 부추기며,
전설적인 피부병의 찌르는 듯한 아픔을 배가시키는
그러한 밤샘을 우리는 경멸하네

푹 젖은 채 늘어진 깃발들 사이로
잔해 한가운데 벌어지는 문어와 바닷가재 싸움
가라앉은 제독함의 군기를 지키는 당직 선원
저녁 무도회, 모든 것은 부딪힘 없이 오목한 바다 속으로

오케스트라는 왈츠를 연주했고, 예복을 입은 춤꾼들은
낯선 여자 춤꾼들과 얼싸안았다네

금덩이를 가득 실은 사랑은 자루 속에 담겨 가라앉았고
뗏목 하나가 벌거벗은 억만장자들을 실어 나르네

빛바랜 거울들이 걸린 어느 밝은 카페라네
우리가 인간들을, 지나갔거나 앞으로 올 인간들을,
폐기된 이미지들을, 삼위일체 이루는 동사 상들을
꼭두각시 다루듯 조종하는 장소 말이네

교량의 기둥들이 새 드레스를 걸칠 수 있도록,
힘찬 예인선들이, 강물을 따라, 항구들을 향해 내려가는 동안,
김 서린 창유리 위에 꽃들을 그려대는
우리 손들을 때때로 그 자리에서 덮치는 우리

우리는 감히 익사의 꿈을 환기시키지 않네
도움을 요청하기 위해, 그리고 결국 이 돼지들,
인간들에게서, 우리는 화장과 추파 던지는 눈빛을 사랑하고,
이윽고 무시무시한 격정을 품고 사랑을 흉내 내네

소녀들의 두 눈은 우리 손목을 묶는 매듭,
그렇게나 절실히 얼굴을 사랑하는데, 무슨 이유가 있단 말인가?
우리는 무엇을 기대하는가? 튀김 요리가 끓는 시간이다
우리 두 눈, 블라우스의 장밋빛에 파열하리라

어째서 밤을 새우는가? 먼 옛날 평안한 하늘로부터
예수께서 강림하시어 매년 열리는 기적을 베푸셨으니
그것은 성탄절이요, 그때 바위마저 쪼개지는 혹한은
아기 예수 임마누엘의 맨발을 더럽히지 않기 위함이었네

우리 두 발은 그대들의 질척한 진흙으로 무겁네,
예수의 하얀 몸조차 파묻힌 진창이여,
7월은 본다, 현명한 기도들이, 그리고
실올 풀린 스카풀라레 걸친 교황들이, 삼켜짐을

그리고 이후 우린 흐릿하고 구름 낀 밤을 탐색하네
저 황량한 하늘에 새벽이 찾아오기 전에,
어깻짓마다 번번이 빛을 뿜으며 헤엄쳐 올, 어느 여인이
사랑과 자유를 화해시키리라는 희망 속에서

1923년 11월 26일~12월 1일

1. 로베르 데스노스

1900년 7월 4일 파리 출생. 1924년 12월 13일, 지금 이 글을 쓴 날 파리에서 사망.

2. 밤의 가장 깊은 곳

거리에 이르렀을 때, 가로수에선 낙엽이 지고 있었다. 등 뒤 계단은 이제 별들이 흩뿌려진 하늘일 뿐이고, 그 가운데서 나는 어느 여인의 발자국을 뚜렷이 구분해내었다. 루이 15세풍 하이힐이 오래도록 자갈길을 밟아왔던 것이다, 내가 길들여 집으로 거둬들이자 나의 잠기운과 연합 전선을 펼친, 가냘픈 동물인 사막 도마뱀들이 질주하던 자갈길 말이다. 루이 15세풍 하이힐이 그것을 뒤따랐다. 분명히 말하건대, 내 인생에서도 무척 놀라운 시기였다, 밤의 1분, 1분이 내 방 양탄자 위에 매번 새로운 흔적을 찍어내던 시기. 그리고 그 기이한 흔적은 이따금 나를 소스라치게 했던 것이다. 폭풍우 치던 날이고, 달이 휘영청한 날이고, 내가 몇 번이나 몸을 일으켰던가. 장작불, 성냥불 또는 반딧불이의 불빛에 저 추억들을 비춰 살피기 위해 이불 속까지 파고들던 여인들의 추억을, 내 욕망에 맞게 남겨진, 스타킹과 하이힐을 제외하고는 홀딱 벗은 여인들의 추억을, 태평양 한가운데를 지나던

대형 여객선이 건져 올린 작은 양산보다도 더욱 기이한 추억을 살펴보기 위해 말이다. 황홀한 힐이여, 내가 밟히어 두 발등에 상처 내던 힐이여! 우리가 어느 길에서 재회하여 다시금 그 또각거림을 들을 거란 말인가? 내 방문은 그 시절 신비를 향해 활짝 열려 있었다만, 신비는 문을 닫고 들어왔다. 그리고 그때부터 나는 말도 없이 듣는다, 대단히 시끄러운 발 구르는 소리를, 내 방 열쇠구멍을 둘러싼 나체의 여인들이 발을 구르는 소리를. 그녀들의 루이 15세풍 하이힐은, 빗대자면 아궁이에서 타들어가는 장작 소리, 곡식 여문 들판을 지나는 바람 소리, 밤이면 인적 없는 방에 걸린 벽시계에서 나는 소리, 같은 베개를 베고 누운 낯선 이의 숨소리를, 그와 같은 소음을 함께 울려낸다.

어쨌든 나는 피라미드 거리로 들어섰다. 바람이 튈르리의 나무에서 뜯긴 낙엽을 실어 왔고, 그것들은 부드러운 소리를 내며 바닥에 떨어진다. 장갑이었다, 가죽 장갑, 스웨이드 장갑, 팔목을 덮는 긴 실장갑, 모든 종류의 장갑이었다. 어떤 여인이 반지를 끼워보기 위해, 그리고 코르세르 상글로Corsaire Sanglot가 손등에 입 맞출 수 있도록 장갑을 벗은 것은 보석점 앞이었다. 그녀는 여가수였다, 소란스러운 어느 공연장 무대 위로 단두대의 활력과 대혁명의 아우성을 함께 몰고 오는, 기둥 위에서 보아도 겨우 손의 일부만을 볼 수 있는, 그런 여자였다. 때때로 여정을 마무리하려는 유성보다도 더욱 무겁게 권투 장갑이 떨어졌다. 군중들은 추억을 짓밟았다. 입맞춤과 끌어안음에 관한 그 추억들을, 그것에 요구되는 정중한 관심일랑 전혀 기울이지 않은 채로 짓밟았다. 오직 나만이 추억들을 상처 입히지 않도록 주의를 기울였다. 때로는 내가 그중 하나를 부축해 들어 올리기도 했다. 그러면 그것은 부드러운 포옹으로 내게 감사를 표했다. 나는 그것이 내 바지 주머니 속에서 떨리는 것을 느꼈다. 추억 속의 그녀 역시 찰나처럼 머물다 달아날 짧은 사랑의 순간에, 이런 식으로 떨었을 테다. 나는 계속해서 걸어갔다.

리볼리 거리의 아케이드를 따라 걷다 보니, 마침내 루이즈 람Louise Lame이 맞은편에서 다가오는 것이 보였다.

도시에는 바람이 불고 있었다. 베베 카돔Bébé Cadum[3] 포스터들이 사절단처럼 폭풍우를 불러들였고, 그들의 가호 아래 온 도시가 경련했다.

그것은 우선 한 짝의 장갑이었다, 드리워진 그림자가 오래도록 내 앞에서 춤춘, 두 손이 하나 되어 따로 보이지 않을 정도로 꽉 맞물린 장갑이었다.

그런데 내 앞이라고? 장갑이 아니었다. 그것은 에트왈 광장 쪽으로 걸어오고 있던 루이즈 람이었다. 기이한 산책이다. 에트왈 광장이여, 먼 옛날 왕들은 너보다 더도 덜도 구체적이지 않은 어느 별을 향해 걸어갔고, 네 위에 세워진 아치문은 태양이 마치 하늘의 눈처럼 머무르는 눈구멍이다. 그러니 그것은 모험적

---

3   카돔은 프랑스의 비누 상표로, 갓난아기를 광고 모델로 내세웠다. 베베 카돔은 아기 모델을 일컫는다.

인 산책이었고, 그 신비로운 목적지는 아마도 내가 숙명적이고 배타적이며 살상을 불러오는, 그런 사랑을 간청하는 너였을지도 모르겠다. 만약 내가 왕이었다면, 오 예수여, 너는 요람 속에서 목 졸려 죽었으리라. 내 멋진 여행을 그리도 빨리 중단시키고, 내 자유를 부순 죄로 말이다. 아마도 그랬다면, 신비로운 사랑이 내게 사슬을 씌우고 나를 포로로 사로잡아 내가 자유로이 누비길 바랐을 모든 지구의 골목 골목을 다녔으리라.

나는 모피 외투가 그녀의 목을 스치는 것을 바라보며 즐거워했다. 외투 가장자리가 스타킹을 스치는 움직임이며, 비단 안감이 엉덩이와 마찰되는 모습을 상상하는 것 또한 즐거웠다. 돌연, 나는 그녀의 장딴지를 감싸고 있는 흰색 가장자리 장식의 존재를 확인했다. 그것은 순식간에 거대해져서 지면을 향해 미끄러졌으며, 그 장소에 다다랐을 때 나는 아주 고운 바티스트 천으로 된 바지를 주워들었다. 한 손에 쏙 들어왔다. 나는 그것을 펼치고, 감미로운 기분으로 그 속에 고개를 파묻었다. 루이즈 랍의 가장 내밀한 냄새가 그 천에 흠뻑 배어 있었다. 어떤 전설적인 고래가, 어떤 경이로운 향유고래가 그보다 더 진한 용연향을 빚어낼 수 있을 것인가. 오, 갈라진 빙산 사이로 목숨을 잃은 고래잡이들, 그리고 당신들 역시 죽을 정도로 감격에 겨워 얼음장 같은 파도로 뛰어들었을는지 모른다. 해체된 괴물 안에서 코르셋과 우산을 만들기 위한 고래수염, 지방과 기름을 조심스럽게 걷어낸 뒤에 그 갈라진 뱃속에서 당신들이 용연향의 소중한 재료가 담긴 창자를 발견할 때라면. 루이즈 람의 바지! 이 무슨 우주인가! 내 생각이 이야기의 무대로 되돌아왔을 때, 루이즈 람은 가고 없었다. 모든 장갑들이 이제는 짝지어 포개진 가운데, 그 사잇길에서 비틀거리며 도취경으로 무거운 머리통을 이고, 나는 표범 무늬 외투를 길잡이 삼아 그녀의 뒤를 쫓았다.

포르트 마이요에서 나는 그녀가 벗어둔 검은색 비단 원피스를 주웠다. 나체, 이제 그녀는 황갈색 모피 외투 아래 나체였던 것이다. 해안가에 모인 배의 아마천 돛에서 뿜어내는 꺼칠꺼칠한 냄새를 실은 밤바람, 뭍으로 올라와 어느 정도 말라버린 해조류들의 냄새를 싣고, 파리행 기관차가 뱉어내는 증기를 싣고, 큰 급행열차가 통과한 뒤 철로가 뿜어내는 더운 냄새를 싣고, 잠든 성관들 앞마당 잔디밭에서 축축한 잔디들이 뿜어내는, 희미하게 코를 찌르는 냄새를 싣고, 건축 중인 성당의 굳어가는 시멘트 냄새도 싣고, 밤의 무거운 바람은 분명 루이즈 람의 외투 속을 파고들었을 것이며 그녀의 엉덩이와 가슴 아래 부위를 어루만졌으리라. 엉덩이 위로 서걱거리는 옷감의 감촉은 분명 그녀에게 에로틱한 욕망을 불러일으켰으리라. 그녀가 아카시아 길을 따라 알 수 없는 목적지를 향해 가고 있을 때 말이다. 자동차들이 교차했다, 전조등 불빛이 가로수들을 훑고 간다, 땅에는 곳곳에 작은 언덕이 솟아 있었다, 루이즈 람은 발걸음을 서둘렀다. 나는 아주 분명하게 그녀의 표범 무늬 모피 외투를 분간해냈다.

그것은 한 마리 맹수였다.

그것은 몇 년 동안이나 한 지방을 공포에 떨게 했다. 사람들은 간간히 그것의 날랜 실루엣이 어느 낮은 나뭇가지 위나 암벽 위에 출몰하는 것을 보았다, 그리고 그다음 날 새벽이면 기린과 영양의 무리가 목을 축이는 물가로 향하는 길목에서, 지역 주민들에게 숲의 나무들마다 제 발톱 자국을 깊숙이 새겨놓은 것이 누구인지에 대해 피비린내 나는 서사시를 들려주곤 했다. 이런 일이 몇 년이나 계속되었다. 사체들, 만약 사체들이 말을 할 수 있다면, 그 맹수의 송곳니가 희었으며 강건한 꼬리는 코브라보다도 위험했다고 말해줄 수 있었으리라. 하지만 죽은 자는 말이 없고, 해골은 더욱 그러하며, 기린의 해골이야 더더욱 말을 할 수가 없는데, 이 우아한 짐승은 표범이 가장 좋아하는 먹잇감이기 때문이다.

10월의 어느 날, 하늘이 푸르러지면서 지평선 위로 우뚝 솟은 산들은 보았다. 그 표범이 이번만큼은 영양도, 야생마도, 그리고 아름답고 고결하며 재빠른 기린도 거들떠보지 않은 채 가시덤불로 기어들어가는 모습을 말이다. 그날 밤새, 그리고 다음 날까지도 표범은 울부짖으며 웅크리고 있었다. 달이 떴을 때 그것은 제 가죽을 완전히 벗겨낸 상태였으며, 벗겨진 가죽은 고스란히 땅에 놓여 있었다. 그동안 멈추지 않고 표범은 커져만 갔다. 달이 떴을 때, 그것은 가장 높이 솟은 나무의 꼭대기에 도달해 있었다. 자정이 되자, 그것은 제 그림자로부터 별들을 벗겨냈다.

가죽이 벗겨진 표범이 들판을 가로지르는 모습은, 그 표범의 거대한 그림자가 저문 들판의 어둠을 한층 더 두텁게 만드는 길을 가로지르는 모습은 정말이지 장관이었다. 그것은 제 가죽을, 로마의 황제마저도 그보다 아름다운 가죽을 걸친 적이 없으며 황제가 총애하던 로마 군병 중 가장 아름다운 자도 걸친 적 없는 가죽인 양 끌고 갔다.

깃발과 하급 관리를 앞세운 고관대작의 행렬도, 반딧불이의 행렬도, 기적에 의한 승천마저도! 어떠한 것도 결코 저 피 흘리는 맹수, 피투성이가 된 몸뚱이 위로 핏줄이 푸르게 불거진, 저 맹수의 행진보다 놀라운 것이 없었다.

그것이 루이즈 람의 집에 다다랐을 때 현관문은 스스로 열렸는데, 죽기 전에 그것은 다만 현관 아래, 치명적으로 사랑스러운 여인의 발아래 제 가죽이라는 최후의 헌정품을 내려놓을 힘밖에는 없었던 것이다.

그것의 해골은 아직도 이 지구상의 수많은 길목을 가로막고 있다. 오래도록 빙하 지대와 사거리에서 메아리로 울려 퍼지던 노기에 찬 포효는 마치 파도 부서지는 소리가 그러하듯 사그라져버렸고, 이제 루이즈 람은 내 앞에 오직 외투만 걸친 채로 나아가고 있는 것이다.

몇 걸음 더 떼고 나서 그녀가 마지막 한 겹을 벗는다. 외투가 떨어진다. 나는 걸음을 빨리한다. 루이즈 람은 이제 모두 벗은 상태다. 불로뉴 숲에서, 전라다. 자동차들이 경적을 울리며 사라진다. 자동차 전조등이, 때로는 숲의 자작나무를, 때로는 루이즈 람의 엉덩이를 비추지만, 그래도 그 빛은 그녀의 음모陰毛까지 비추지는 않는다. 불안에 가득 찬 웅성거리는 소리가 마치 폭풍우처럼 주변 지역을, 퓌토, 생클루, 비양쿠르를 휩쓴다.

전라의 그녀는 보이지 않는 옷감의 서걱거림에 휩싸여 나아간다. 파리가 제 문과 창문을 닫고 가로등을 끈다. 멀리 떨어진 길가에서는 한 살인자가 어느 감정 없는 산책자를 죽이는 데 무진 애를 먹는다. 해골이 도로를 가로막는다. 전라의 그녀가 집집마다 문을 두들기고, 모든 감긴 눈꺼풀을 들어올린다.

어느 건물의 높은 곳에서는, 환상적으로 밝게 밝혀진 베베 카돔이 새로운 시대가 왔음을 알린다. 한 남자가 자기 집 창가에서 매복 중이다. 그는 기다린다. 그런데 그는 무엇을 기다리는가?
벨이 울려 잠든 복도를 깨운다. 대문이 닫힌다.
자동차 한 대가 지나간다.
환상적으로 밝게 밝혀진 베베 카돔만이 홀로 남았다. 길을 무대 삼아 일어나게 될, 바라건대 그렇게 일어날 사건들에 대한 주의 깊은 증인으로서.

3. 보이는 것은 모두 금빛

코르세르 상글로가 웅성거리는 거리와 아스팔트 도로에서 제법 유명세를 얻은 그의 의상을 갖춰 입는다. 복장이 마음에 들 때 파리에서, 그리고 세계에서 그의 삶은 계속될 수 있다. 어루만지는 듯한 목소리가 그에게 갈 길을 알린다. 길은 그를 튈르리로 이끌고, 그는 거기서 루이즈 람과 마주친다. 풍경을 일그러뜨리지도 않으나 도리어 방파제와 등대보다도 더 큰 중요성을 갖는, 전선에서의 평화보다도, 탐험가들이 탐험 중에 고즈넉한 외로움 속에서 느끼는 자연의 고요함보다도 더욱 큰 중요성을 갖는, 그러한 우연의 일치에 속하는 길이었다. 우리의 주인공과 여주인공의 대화가 시작되기 전에 어떤 전조가 있었는지는 중요하지 않다. 그들의 사랑을 위해서는 야수들이 필요했고, 그들의 송곳니와 발톱을 견딜 만한 큰 덩치가 필요했다. 튈르리의 경비들은 이 기괴한 한 쌍이 흥겹게 대화를 나누는 모습을, 그러고서는 몽타보르 길을 따라 멀어져가는 것을 보았다. 어느 호텔 방이 그들에게 피난처가 되었다. 물병 하나가 들쭉날쭉한 해안가에 자리 잡은 암초만큼의 중요성을 띠고, 전구 알 하나가 에메랄드 빛 들판 한가운데 솟은 세 그루 전나무보다도 더욱 불길해 보이는, 그리고 위협적이고 자율적인 사람들이 거울에 이끌려 모이는, 그런 시적인 공간이었다. 호텔 방의 집기여, 고루한 표절꾼에게는 인정받지 못하는, 범죄를 불러일으키는 것들이여!

살인마 잭[4]은 이 집기 앞에서 환상적인 중범죄 중 하나를 저질렀고, 사랑은 때때로 그의 범죄에 힘입어 사람들에게 사랑이 농담거리가 아님을 상기시킨다. 멋진 집기였다. 흰 물잔, 세면대와 화장대가 정적 속에서 자신들을 존중받을 만한 것으로 만들어 주었던 붉은 액체를 회상했다. 기자들은 보잘것없는 집기의 사진을 찍어 기사로 내보냈고, 그것들은 내가 방금 전에 말한 사건의 풍경 역할을 맡음으로써 지위가 높아졌다. 그 집기들은 중범죄 재판소에서 증거품의 일부로 모습을 드러내야 했다. 기이한 재판이었다! 살인마 잭은 결코 붙잡힐 수 없었고, 법정의 피고석은 내내 비어 있었다. 재판관들은 파리에서 가장 나이가 많은 맹인 가운데서 임명되었다. 기자석은 사람들로 넘쳐났다. 방청석의 대중들은 경찰대원들의 통제로 겨우 열이 유지되고 있었는데, 배가 나온 부르주아들의 무리였다. 말없는 군중 위로 파리 떼가 웅웅거리며 날아다녔다. 재판은 꼬박 일주일이 걸렸고, 끝내 기적적인 판결이 누군지 알려지지도 않은 살인자에게 내려지자, 물잔과 세면대와 화장대, 그리고 아직 장밋빛 비누 조각이 남아 있던 비누 받침은 어떤 초자연적인 존재가 머물렀다 간 것으로 기억되는 그 방으로 돌아왔다.

루이즈 람과 코르세르 상글로는 대개 물건에 깃든 정신적인

---

4 잭 더 리퍼라는 별명으로 널리 알려진 19세기 영국의 연쇄 살인마다. 주로 창녀들을 살해했으며, 피해자들의 시신을 외과 수술적 지식을 활용하여 무참히 훼손했다. 결국 끝까지 검거되지 않아 영구 미제 사건으로 남았다.

가치 때문에 어떤 물건도 존경하지 않았다. 그러나 그들은 존경 어린 눈빛으로, 어쩌면 자신들의 일이었을지도 모를 어떤 사건이 남긴 유물을 바라보았다. 그러고 나서 한 차례 전투적인 눈빛을 교환한 뒤, 그들은 옷을 벗었다. 둘 다 전라가 되자, 코르세르 상글로는 여전히 두 발은 바닥을 디딘 채 침대에 가로누웠고, 루이즈 람은 그런 그의 앞에 무릎을 꿇었다.

서로 적대하는 입술끼리의 장엄한 입맞춤.

새끼를 낳는 것은 종에게 고유한 행위이나, 사랑을 나누는 것은 개인에게 고유한 일이다. 엄숙하게 경의를 표하노라, 육체의 입맞춤이여. 나 역시 고개를 처박고 저 엉덩이 사이 어둠 속으로 빠져든다. 루이즈 람이 그녀의 멋진 애인을 꼭 껴안았다. 그녀의 눈은 그의 육체에 결합하는 제 혀의 효과가 그의 얼굴에서 떠오르는 것을 기다리고 있었다. 바로 여기에 모종의 신비 의식儀式이 있다, 어쩌면 가장 아름다운 것일지도 모르는. 코르세르 상글로의 숨이 거칠어질 때마다 루이즈 람은 그 수컷보다도 더욱 휘황한 모습이 되었다.

코르세르 상글로의 시선은 방 안을 떠돌고 있었다. 그 시선은 마침내 일력 위에 멈추었다. 그것은 잊고자 하는 욕망과 시간을 기계적으로 측정하려 하는, 그러면서도 그러한 의도에 깃든 멍청함을 생각하지 않으려는 욕망, 그 둘 사이에 찢겨진 어느 교활한 회계원이 잊어버리고 간 물건이었다.

어쨌든 코르세르 상글로란 인간은 그 일력이 며칠에 멈춰 있는지 잘 알고 있었다. 해마다 한 번, 그는 무엇인가에 이끌리듯 매번 똑같은 반세기 전의 '오늘 일어났던 일'을 읽고 있었고, 그 기사는 어쨌든 매번 똑같은 흥분을 불러일으키는 것이었다. 그가 1년에 단 한 쪽이라도 종이에 쓰인 글을 읽는 날은 그날 하루뿐이었고, 거역할 수 없는 힘에 이끌리듯 매년 그러했다.

코르세르 상글로의 생각은 이제 어느 원시림 한복판에 남겨진 흔적을 따라갔다.

그는 금광을 쫓는 이들의 마을에 도착했다. 어느 무도회에서 뇌쇄적인 옷차림의 에스파냐 여인이 춤을 추고 있었다. 그는 그녀를 따라 싸움 소리, 음악 소리가 꽤나 약하게 들려오는 다락방으로 올라갔다. 그는 손수 그녀의 옷을 벗겼다. 느릿느릿 신중하게, 감정을 듬뿍 담아가며, 한 겹 한 겹 벗겨나갔다. 이불 속은 야만적인 전투가 벌어지는 전장이 되었다, 그는 그녀를 깨물었고, 그녀는 몸부림치며 울부짖었고, 그러자 그 에스파냐 무희의 무시무시한 혼혈 애인이 찾아와 방문을 거칠게 두들겼다.

자비 없는 포위전이 일어났다. 리볼버의 총탄이 떡갈나무 격벽에 구멍을 냈고, 거울마다 금을 냈다. 오래전부터 조용히, 치명적인 사랑들을 비추기 위해 겹겹이 주석이 발라진 거울이었다, 그의 용기에 매혹된 에스파냐 여인도 창가에서 총을 쏘아 말 탄 악당 무리, 급히 조직된 경찰 무리를 쓰러뜨렸다, 마침내 두 사

---

5 피에르나폴레옹 보나파르트Pierre-Napoléon Bonaparte, 나폴레옹 1세의 동생 뤼시앵 보나파르트Lucien Bonaparte의 아들이다.

월요일

달: 그믐달 17일, 초승달 24일
해: 일출 7시 43분, 일몰 4시 15분

1870년, 보나파르트 공[5]에 의해 살해당한 빅토르
누아르(Victor Noir)의 장례 행렬에 20만 명의
파리 시민이 뒤따르다.

1월

성 아르카디우스 축일

람은 지붕을 타고 도망치는 데 성공했다. 분노의 함성이 마을을 가득 메웠고 서둘러 투척용 올가미들이 만들어졌으나, 추격자들이 안뜰에 도착했을 때는 이미 너무나 빨라 추격하기가 불가능한 두 필의 검은 쌍둥이 암말은 사라진 뒤였다. 도망자들을 각자의 운명에 맡겨둔 채로, 추격자들은 곳곳의 카바레로 흩어졌다.

위험에서 벗어나 마을에서 여러 마일 떨어진 곳에서, 코르세르 상글로와 에스파냐 여인은 멈춰 섰다. 그들의 사랑은 이젠 몽상 속에서 존재했다. 그들은 서로 반대 방향으로 멀어져갔다. 칼로 가지들을 쳐내가며 건너가는 숲, 넓게 펼쳐진 칡과 거대한 나무들, 초원 지대, 눈 덮인 스텝 지대, 원주민들과의 싸움, 사라진 썰매, 쓰러진 사슴들, 당신은 저 보이지 않는 코르세르가 이러한 곳들을 어떻게 통과했는지 모르리라. 리볼리 거리에서 그는 불타는 집을 보았다. 소방관들의 헬멧이 발코니와 창가에서 익어가고 있었다. 코르세르 상글로는 불꽃이 탁탁 튀는 복도와 층계로 뛰어들어갔다. 4층에서는 한 여인이 죽을 준비를 하고 있다. 코르세르는 번개처럼 그녀를 감싸 안고 창가에 모습을 드러냈다. 두 사람은 허공을 향해 뛰어내렸고, 다른 건물 지붕이 그 둘을 받아냈다. 코르세르는 이 과정에서 처마 끝 돌출부에 부딪혀 부상을 입고 기절했다. 다음 날 아침, 그는 햇살이 눈부시게 쏟아지는 어느 병원 침대에 누워 쉬고 있었다. 그가 구해낸 여인은 그에게 레모네이드를 마시게 해주었다. 영국 기숙학교의 문이 열리기 전까지, 그는 자기 곁에 그녀가 있다는 사실로 인해, 그리고 자기 몸 위로 그녀의 두 손이 스치는 것을 느끼는 데서 감각적인 만족을 느꼈다. 기상 시간이었다. 서른 명의 소녀들과 그보다는 조금 더 나이가 많은 열 명 정도의 다른 소녀들이 서둘러 채비를 하고 있었다. 목욕용 스펀지가 그녀들의 건강한 어깨와 여린 살결 위로 미끄러진다. 남자아이 같은 그녀들의 엉덩이를 그는 넋 놓고 바라보았다. 성기에 아직 잔털조차 돋지 않았으나 봉곳한 가슴들은 기적과도 같은 매력을 뽐내고 있었고 그 어떤 것에 의해서도 모양이 허물어지지 않았는데, 그것은 어떤 것이었는가 하면…….

"날 사랑한다고 해!"

루이즈 람이 미친 듯이 헐떡이며 말했다.

"개년. 사랑해, 아! 아! 늙은 잡년, 미친, 가지가지로 빌어먹을 추잡한 쌍년."

우리의 주인공도 헐떡인다. 그리고 몸을 추켜세우며 이렇게 말한다.

"어떤 시가 이보다 더 널 감동시킬 수 있겠니?"

거의 제정신을 잃고서, 루이즈 람은 꿈에서 꿈을 오가는 듯했다. 그녀는 비쩍 마른 제 남편의 포옹을 오래도록 거부해왔다. 그러나 코르세르와의 만남은 아주 특별한 것이었다. 그때 두 사람의 영혼 속에 원한이 차올랐다. 아! 그것은 사랑이, 이내 끝장날 주종 관계에 대한 유일하게 그럴듯한 변명거리인 사랑이 아니었다. 그것은 저 모든 육체적 부딪힘과 물질 사이의 이글대는

적의를 수반하는 모험이었다.

환상적인 사랑, 그것을 네게 떠올리게 하는데 어째서 내 혀에 과장이 섞여야 할까. 코르세르 상글로는 그녀를 허리부터 감싸 안고 침대로 집어 던졌다. 그는 그녀를 후려쳤다. 손바닥으로 채 찍질하듯 그녀의 엉덩이를 후려치면 울림이 좋은 소리가 났다. 다음 날 그 엉덩이에는 시퍼런 멍이 들었을 테다. 그는 그녀의 목을 조르듯 했다. 허벅지 사이는 포악하게 벌려졌다.

이는 사실이 아니다.

코르세르 상글로는 거울 앞에서 매무새를 단정히 만지고 있었다. 기분 좋은 물길이 그의 상반신 위로 흘렀고, 방 한가운데 는 장밋빛 비누가 놓여 있었다. 채색 우편엽서로 교육받은 루이즈 람은 거기서 무관심에 수난당한 그의 성기의 이미지를 보았다. 무스를 바르고, 가면을 쓰고, 두 손은 유령의 손과도 같았다. 마침내 우리의 모험가가 떠날 준비를 마쳤다. 루이즈는 문 앞을 가로막고 앉는다.

"안 돼, 떠날 수 없어, 너는 떠나지 않을 거야."

산발한 그녀는 오열하며 무너지듯 주저앉았고, 그는 그런 그 녀를 한 손으로 치웠다. 계단 아래로 조금씩 잦아들어가는 발소 리가, 흡사 막 사교계에 진출한 아가씨가 피아노로 하강 음계를 연주해 내려가는 듯하다. 그녀는 여자 선생에게 벌로 맞은 손가 락에 붉은 자국이 채 빠지지 않은, 땋은 머리의 소녀이리라.

복도에서는 루이 15세풍 하이힐에 왁스칠을 해두기 위해 켤레

단위로 그것들을 수거하는 호텔 보이의 발소리가 났다. 수 세기 전부터 기다림의 대상이었던 어느 산타클로스가 이 하이힐 안에 사랑을 넣어둘 것인가. 잠에서 깨면 물거품처럼 사라지는 환상에도 불구하고, 신발 주인에게 있어서는 밤낮으로 치르는 의식의 대상인 사랑을? 어느 불길한 악마가 흑인 여자로 변한 정적이고 육감적이며 정열에 찬 여인들을 비출 요량으로, 그 신발을 거울보다도 더 반짝이게 만드는 일로 만족할 것인가. 그녀들이 제 새하얀 발목을, 다시금 도덕적 고문을 가하는 이 정묘한 고문 틀에 채우기를! 그녀들이 가는 길에는 언제나 도기 파편들이, 중단된 꿈의 미약을 담았던 병의 파편이 흩뿌려져 있을 것이고, 권태의 날카로운 자갈들이 흩뿌려져 있을 것이다. 성 밖 카드 점쟁이에게 값을 치르고 받은 점괘에도 불구하고 여러 방향으로 흩어져 나아가는 하얀 발들이여, 의심이 가벼운 동상처럼 너희들을 괴롭힐 것이다. 신비한 관례를 통해 신성한 탄생일을 축하하기 전에 우선은 나자렛으로 가야 한다. 그런데 별은 어디 있는가?

별이라 하면 분명 코르세르 상글로가 거품 가득한 손으로 쥐고 있는 저 장밋빛 비누이리라. 지팡이가 마법사를 인도하는 것보다, 발자국이 사냥꾼을 인도하는 것보다, 그리고 미슐랭의 선전판보다 별이 그를 훌륭히 안내한다. 현대 시의 초라하고 찬란한 피조물들이 길을 가로질러 움직이기 시작한다.

그들은 미래의 신에게 붉은 난방기를 가져다주는, 또는 하늘 높은 곳으로부터 온 세상에 인공 새벽의 흰빛을 흩뿌리는 세 사람의 페인트공이다. 또한 대천사 라파엘의 가호 아래, 새로운 구세주의 몸에 활기를 불어넣어줄 술을 아직은 정해지지 않은 술을 언젠가 따르기 위해 수평 유지의 기적을 수행하고 있는 카페 종업원들의, 일부는 혁명적이고 또 다른 일부는 반혁명적인 장황한 이론들이다.

건물 높은 곳에서 베베 카돔은 그것들이 지나가는 모습을 내려다보고 있다. 베베 카돔이 육화할 밤이 다가온다. 그때가 되면 그는 눈과 빛이 넘쳐흐르는 모습으로, 처음으로 얻은 신도들에게 강물을 푸르게 만드는 세탁인의 고요한 기적과 비누 거품의 형상 아래에 계시는, 눈에 보이는 신, 욕조 가운데 선 채로 찬탄할 만한 어느 여인의 육체를 조물하는, 또한 불타는 태양의 빛나는 정열을 지니고 볕을 받으면 쉬이 죽고 마는 빙하 여왕이며 빙하 여신을 고심 끝에 만들어내는, 그런 신의 고요한 기적을 찬양할 때가 도래했음을 알릴 것이다. 아! 만약 내가, 새로운 세례자 요한인 내가 죽게 된다면 나의 수의는 비누 거품으로 짜주길 바란다. 그 걸쭉함과 향기로 사랑을 연상시키는 비누 거품으로 말이다.

코르세르 상글로는 한 손에 비누를 쥔 채로 장례 행렬을 따라가다가, 다른 길로 접어들기 위해 적절한 때에 그들을 떠났다. 가로등이 심어진 적막한 거리여, 지하철 고가 도로로 채워진 큰

길이여, 너희들 또한 그가, 첫 번째 마법사mage[6]가 지나가는 것을 보았다.

베베 카돔이 방문자들을 기다린 것은 릴 데 신의 파시 다리 아래였다. 방문자들은 완벽한 사교계 인사처럼 행동했고, 에펠탑이 그 비밀 모임을 주재했다. 강물이 흐르고 있었다.

아주 오래전부터 공물로 바쳐질 예정이었던 물고기들이 강물에서 튀어 올랐다, 신성한 것에 대한, 그리고 천상의 상징에 대한 열광이 폭풍처럼 일었다. 같은 이유로, 순화원馴化園[7]의 종려나무들도 어린아이의 잠 속 평화로운 코끼리가 달리던 길에서 떠났다. 사정은 토기 안에 갇혀 노처녀의 살롱과 도박장의 주랑을 유명하게 만드는 것들에게도 마찬가지였다. 불행한 처녀들은 버려진 토기들의 기나긴 삐걱거림을, 그리고 왁스칠한 마룻바닥 위로 뿌리들이 기어가는 소리를 들었다. 오래된 감방 안에서 밤샘 바카라 게임을 마치고 새벽 귀가를 하는 도박 클럽의 회원들도, 자신들이 얼마를 따고 얼마를 잃었는지 잊고서 그들을 따라갔다. 이들 역시 첫 신도의 일부였다. 이들의 고통스러운 얼굴 위로, 열병으로 불타는 두 눈 위로, 가장 마지막으로 외친, 돈을 걸기 위한 구호가 계속해서 웅웅 울리는 귀 위로, 절대와 있을 수 없는 가능성과 운명적인 숫자에 사로잡힌 뇌 위로, 그분

---

6 《신약성경》의 동방박사mages venus d'Orient를 연상시킨다.

7 프랑스제국 시절, 식민지에서 가져온 식물을 프랑스의 기후에 순화시키기 위해 조성한 식물원이다. 불로뉴 숲 옆에 파리 순화원이 있다.

은 지배력을 뻗쳤다. 창문을 닫는 소리가 공기를 메웠다. 문고리
에서는 우는 소리가 났다. 베베 카돔은 부모의 도움을 받지 않
고 알아서 태어났다.

지평선 위에서는 안개에 휩싸인 거인 하나가 기지개를 켜고
하품을 했다. 비방돔 미슐랭[8]은 처절한 한 차례 전투에 대비했
다. 지금 이 부분을 쓰고 있는 저자는 해당 전투에 대한 역사가
가 될 것이다.

스물한 살이 되자 베베 카돔은 비방돔과 싸울 만큼 성장했다.
전투는 6월 어느 날 아침에 시작되었다. 샹젤리제 길을 멍청히
거닐고 있던 경관 한 명이 돌연 하늘에서 터진 큰 함성을 들었
다. 하늘이 어두워지고, 천둥이 치고 벼락이 치고 바람이 불더니,
비눗물이 비처럼 쏟아져 도시를 덮쳤다. 순식간에 풍경은 환상
적으로 변했다. 바람이 방울방울 실어 나른 가벼운 비누 거품으
로 뒤덮인 지붕들이 다시 모습을 드러낸 태양의 빛을 받아 무지
갯빛으로 반짝였다. 가볍고, 창백한, 그리고 그것들이 시적 소품
의 일부를 이룰 때 젊은 폐병쟁이들의 뒤에 비치는 후광과도 닮
은, 수많은 무지개들이 포효했다. 행인들은 그들의 무릎까지 차
오른 향기로운 눈 속을 걸었다. 어떤 이는 비누 거품을 공처럼
집어 들고 서로에게 던지기 시작했고, 바람은 투명한 막에 비친
수많은 창문들과 함께 비누 거품을 실어 갔다.

그리고 모종의 매혹적인 광기가 도시에 자리 잡았다. 주민들

8　비방돔Bibendum 또는 비방돔 미슐랭은 타이어 회사 미슐랭의 마스코트 캐릭터다.

은 옷을 벗고 비눗물이 깔린 바다 위를 구르듯 거리를 달려갔다. 센 강의 물결이 둥둥 뜬 기름막을 싣고 흘러갔다. 기름막은 다리 기둥에서 멈춰 창공으로 흩어졌다.

육체적인 관계에 있어서라면, 삶의 조건이 바뀌었다지만 사랑은 여전히 아주 소수의 전유물이었다. 갖가지 모험에 뛰어들 준비가 되어 있으며, 유한자에게 허락된 얼마 되지도 않는 삶을 함께 나란히 걸어갈, 그러면서도 언제나 방어 태세를 갖춰야 할, 그러면서도 제 몸을 거의 맡기듯 대하게 될 적대자를 만나게 되리라는 희망 속에서 살고자 하는, 그런 삶을 감수하고자 하는, 거의 몇 명 되지 않는 사람들에게 허락된 특권이었다.

어쨌든 비방돔과 베베 카돔의 전투는 현대의 대천사가 마치 깃털 떨구듯 비누 거품을 잃어가는 그 투쟁에서 유일한 에피소드가 아니었다.

비방돔은 제 은신처로 돌아가며, 훗날 〈거짓 메시아의 기도문 Pater du faux messie〉[9]이라는 이름으로 알려질 저 유명한 선언문을

---

9 〈거짓 메시아의 기도문〉

비 방 돔(Bi ben dum)

베 베   (Bé bé   )

　카 돔(　Ca dum)

유일한 진짜 메시아의 이름마저 가로채려 하는 찬탈자 베베 카돔의 목적은 무엇인가? 베베Bébé란 비방Biben을 대체한 말이라 할 수 있는데, 아기Bébé는 마심(뷔방Buvant. 젖빨기)으로써 영양을 섭취하기 때문이다. 카Ca라는 음절은 베베 카돔이 자신의 원래 이름인 베베돔Bebedum, 그러니까 추정컨대 비방돔에서 유래한 베베돔이라는 이름을 날조했다는 표시다. 'n' 발음이 삭제된 것은 아마도 그 발음이 베베 카돔의 출생 장소가, 그가 태어날 적에 디오니소스의 예를 따라 자기 아버지의 허벅지(엔aîne)(엉덩이)였

41

쓸 생각을 한다. 그러지 않기 위해 주의를 기울였음에도 불구하고, 온몸에 비누 거품을 묻히고서 말이다.

은신처에 도착하자마자 〈거짓 메시아의 기도문〉을 읊고는, 은신처를 빠져나와 자갈길에서 미끄러져 넘어진 그는 자신의 죽음을 통해 타이어 군대를 낳았다. 이들이 베베 카돔과의 투쟁을 이어가게 될 것이었다.

전투는 어느 황량한 들판에서 벌어졌다. 베베 카돔은 무시무시한 타이어 군단이 불룩해지기도 하고 쪼그라들기도 하면서 빠른 속도로 길 위를 달려오는 것을 보지 못했다. 자전거 운전자들과 자동차 운전자들은 어안이 벙벙하여 말도 없이, 대체 어떤 새로운 기적이 저 탄력적인 원에 자율적인 민첩성을 부여했는지 자문했다.

<hr>

다는 것을 상기시키기 때문일 테다. 그렇게 그는 소송$_{cas}$을 거는(똥$_{ca}$을 싸는) 행위로도, 그리고 아주 자연스럽게 그것을 '닦아내는' 것으로도 자기 이름에서 그러한 증거를 지울 수 없었던 것이다. 그로부터 '비벼지면' 거품으로 변하는 그의 성질이 유래했다. 이 두 이름에서 상호 관계가 있는 부분을 삭제해보면, 다음과 같은 결과를 얻을 수 있다.

Bibe
        } 둘은 동일성에 따라 삭제된다
Bébé

dum
        } 서로 충돌하면서, 동일성에 따라 삭제되는 부분이다. 돔-돔$_{dum\text{-}dum}$이란 발음에
dum   서, 전투 중에 들려온 천둥소리가 충분히 해명된다.

N
        } 신체의 이 두 부분, 허벅지와 엉덩이 사이의 인접성은 잘 알려져 있다. 합쳐져서
ca   이 문자들은 캉$_{Can}$, 즉 대포$_{Cannon}$의 축약어를 이루며(천둥소리와 관계된다), 형태적 유사성을 통해 소송$_{cas}$의 존재를 떠올리게 한다.

저녁 5시, 일몰이 시작될 때 전투는 어느 황량한 들판에서 벌어졌다. 베베 카돔의 웃는 모습은 불타는 푸른 하늘 위로, 그리고 불그스름한 대지 위로 뚜렷하게 돋보였다. 타이어들이 굴러와 뱀처럼 그를 둘러쌌고, 움직이지 못하게 했다. 사로잡히고 베베 카돔은 미소를 버리지 않았으며, 자기 자신의 힘에도 불구하고 순순히 투옥되었다. 베베 카돔, 아니 차라리 크리스티 님le Cristi께서는(왜냐하면 우리 시대에는 그를 이름으로 불러야 하므로) 서른세 살이었다. 그분의 입술이 아이와 같은 미소를 그려내지 않았더라면, 아마도 수염으로 침울한 인상을 만들었을 것이었다. 하나 옛날이야기들은 그만두자.

골고다 언덕

황록색 하늘을 배경으로, 언덕 높은 곳에 십자가 하나가 솟아오른다. 바람개비들의 경쟁, 은빛에 가까운 회색 도로 위를 달리는 희고 붉은 자동차들의 경주, 회전목마에서 흘러나오는 음악, 축제 사격장에서 들려오는 메마른 총성, 제비뽑기통이 돌아가는 금속성의 소리, 이것들에 의해 활기를 띤 넓은 들판에서, 처녀들아, 사도들아, 울어라. 거의 감지할 수 없는 상품 장대[10]의 흔들림이 도취적 떨림을 풍경에 부여하고, 그 풍경에는 미끄럼틀을

---

10 긴 장대를 세워 꼭대기에 상품을 주렁주렁 달아놓고 가져가게 하는 놀이, 혹은 이때 쓰이는 긴 장대를 지칭하며, 특히 프랑스에서 많이 즐겼다.

댄 흰 철탑이, 그리고 증기 그네[11]가 수학적으로 왕복하는 모습이 흘러가는 시간을, 마치 위엄 넘치는 전함 한 척이 시퍼런 바다 위로 느릿느릿 미끄러져 들어가듯이 시간이 흘러간다는 관념을 저항할 수 없도록 매력적인 방식으로 나타내고 있는데, 이때 바다란 띄엄띄엄 이는 흰 파도와 배가 남기고 간 세밀한 잔물결에 의해 주름이 지는 바다요, 맑고 푸른 하늘 아래, 또한 배경으로서, 눈부시게 치장한 멋진 여인들로 가득한, 두 손을 흔드는 말없는 수병들로 가득한, 그리고 흰 바지를 입은 모험가들로 가득한 해안을 둔 바다이며, 이 모험가들은 저들을 남미의 카지노로 실어다 줄, 그리고 더욱 치명적인 사랑을 향해 실어다 줄 다음 여객선에 대한 생각에 사로잡혀 있는 이들이며, 이때 해안에서 약간 떨어진 곳에서는, 붉은 수영복을 입은 세 사람의 경탄스러운 여인들이, 헤엄치는 여인들이 아무 저항도 없이 있는 그대로의 파도에 몸을 내맡기고 있는데, 이들은 어느 암벽 위에 웅크려 있는 젊은 시인에게 있어서는 모험극의 출발점이며, 그 모험 속에서는 폭풍과 인간의 정념이 그에게 사랑의 마법을 때려 박으려 경쟁하고 있는 것이다.

여기 숲속의 빈터에서 한 무리의 소방대원들이 도열식을 치른다. 여기 하늘 위로는 비행기가 한 대, 모로코로, 혹은 러시아로 떠나는 비행기 한 대가 아주 멀리, 지평선에서 흰 연기와 소음

---

11 큰 포물선을 그리면서 왕복하는 대형 그네를 가리킨다. 초기에는 인력으로 움직였으나 점차 증기를 활용했고, 현대에는 전력을 활용하고 있다. 통칭 '바이킹'.

과 함께 모습을 드러낸다. 비행기 소음은 열차가 달릴 때 철로 위에서 바퀴와 차축이 내는 소음과 이상하리만큼 닮아 있다. 여기 재빨리 모 항구를 향해 나아가는 열차가 한 대. 집을 둘러싸고 있는 작은 정원에서 깊은 생각에 빠진 정원사 한 사람이 꽃에 물을 준다. 학교의 창문에서는 다음과 같은 아이들의 목소리가 새어나온다.

"우리는 더는 숲에 가지 않을 거야, 월계수들이 베였더라고."

다른 집 창문에서는 커튼이 삐걱대는 소리를 내고, 그 뒤로는 평범하게도 생긴 침대 위에 누운 두 연인이 익사자의 것 같은 팔을 뻗어 서로를 끌어안고 있다. 두 남자가 풀밭에 앉아 질 좋은 적포도주를 병째 들이켠다. 초원에는 소가 세 마리. 닭 모양을 한 성당의 풍향계. 비행기 한 대. 개양귀비.

크리스티 님께서는 마침내 자신의 이름에 어울리게 되었다. 그분께서는 마치 7월 14일[12]의 길거리처럼 삼색기로 장식된, 떡갈나무 몸통으로 제작된 나무 십자가에 못 박혔다. 그분의 발치에서 열 명 남짓한 음악가들이 금관악기로 나긋나긋한 곡조를 연주하고 있다. 사람들이 짝을 지어 춤춘다.

마찬가지로, 깃발로 장식된 다른 조그만 두 십자가 위에서는 도둑들이 죽어가고 있다.

주임 신부는 성당을 빠져나와 사제관으로 돌아간다. 비열한

---

12 프랑스혁명 기념일. 프랑스에서 제일가는 국경일로, 이날 모든 거리는 삼색기로 장식된다.

작자다.

땅거미가 진다.

빛을 발하는 전단지들이 내뿜는 빛 위로 격렬하게 하늘이 열린다.

크리스티 님은 오케스트라 박자를 따라, 리듬에 맞춰 죽어간다.

십자가에 걸린 깃발들이 즐겁게 펄럭인다.

가로등이 켜진다.

4. 도박 단속반

갤리선과 캐러벨이 바다를 누비던 시대는 어디로 갔는가? 운명의 저울 위에서 모래시계로 잰 1분처럼 멀리 있도다.

신참 해적[13]은 턱시도를 차려입고 재빠른 요트 앞에 서 있다. 하얗게 이는 잔물결로 옛 궁정의 공주들을 흉내 내는 그의 요트는 항해 중에 때로 몇 주 전부터 표류하던 조난자들과 부딪치기도 하고, 때로는 선상 노략질을 겪은 어느 대서양 횡단 선박에서 굴러떨어져 잔잔한 물결을 타고 두 해류 사이를 떠돌고 있는 신비한 상자와 부딪치기도 하고, 때로는 항구에 도착하기 전

13　해적corsaire은 주인공의 이름이기도 한데, 여기서는 소문자로 표기되어 있다. 이후로도 간간이 소문자 표기가 등장하지만, 문맥상 해적의 의미가 강조되지 않는 한 인명 코르세르로 옮겼다.

에 죽어버린, 괴상한 깃발로 감싼 시체와 부딪치기도 하고, 때로는 사람을 떨게 만드는, 물고기 뼈만 남은 사이렌[14]의 유골, 어느 날 밤 해파리 왕관도 쓰지 않은 채 강렬한 등대의 빛에 의지하여 폭풍우 치는 바다를 건너가려 했으나 해안에 도착하기 한참 전에 그 불빛을 잃었던, 그래서 이윽고 유령 새의 먹잇감이 되어버린, 죽은 사이렌과 부딪치기도 한다.

그것은 유령 새들이 있기 때문이다. 이들은 해가 뜨자마자 종달새들보다도 높이 날아올라서 알아볼까 말까 한 날개의 그림자를 펼쳐 햇빛을 부드럽게 만든다. 그렇게 햇살을 피하게 된 폐병쟁이 여인에게는 행복한 일이다! 그녀의 숨은 대기의 부드러운 베개 위에서 쉬고, 그녀의 약혼자, 입술의 떨림에 충분히 주의를 기울이고 있는 그녀의 약혼자는 그 입술로부터 분명하게 호수와 같은 미소를 구분해내리라. 때로 인류가 처음으로 등장한 지질학적 시대의 끄트머리부터 이미 죽어 있던 커다란 보호자—새들은 제 날개가 접히고 쥐어짜이는 것을 느낀다. 그 새의 고통으로부터 거대한 소용돌이가 태어나고, 그러면 삽에 몸을 기대고 쉬던 무덤 파는 인부들은 죽은 이들의 수를 묵묵히 헤아리게 되는데, 그 망자들은 무덤 파는 인부들이 땀 흘린 대가로 겨우 얻은 휴식으로부터 그들을 갈라놓는 것이다.

저녁이면 유령 새들은 투명한 빙하 지대에 있는 그들의 둥지로 돌아간다. 그럴 때면 날갯짓의 서걱거리는 소리, 그리고 때로

14 상체는 여성이고 하체는 물고기인 전설 속의 인어.

는 청각기관의 도움 없이도 외로운 이들의 영혼 속에서는 길게 울리는 새들의 울음소리가 석양 속에 가득해지는 것이다.

그러는 동안 사이렌의 잔해는 매 시간마다 불규칙한 헤엄으로 다가오는 이러한 새의 이주를 무감하게 둘 수 없으니, 그들의 해골은 산의 샘에 이르기까지 강물을 거슬러 오르게 된다. 모종의 신화적인 끌어안음이 석회질 유해를 날개 달린 유령과 연결시키고, 그러면 강물의 흐름은 그것을 바닷물까지 실어 가기 위해 한결 빨라지는 것이다.

어느 선박의 뱃머리가 사이렌의 유골과 부딪히게 되었을 때 바닷물은 순식간에 인광을 띠듯 반짝거리며, 바닷물의 거품은 굳어져 도시 안에서 그토록 유명세를 떨치는 저 파이프 담뱃대의 모양새로 굳어지는 것이다. 낚시꾼이 그들의 어망으로 그것들을 대량으로 낚아 올리고, 이는 사이렌의 해골마저 다리 위로 끌어 올려질 때까지 행해진다.

코르세르 상글로는 암초를 그저 지나쳤고, 요리장이 털어놓는 이야기들 역시 그저 흘려듣기만 했다. 그는 물결의 움직임에 관심을 두고 있었다. 기껏해야 모터가 털털거리며 돌아가는 소리, 그리고 배의 스크루가 규칙적으로 끝없이 돌아가는 움직임에 대해서였지만 말이다.

선창마다 큰 삽질로 석탄을 던지고 있었다. 급박히 다가온 돌풍이 이미 석탄재로 범벅된 인부를 과도하게 흥분시키고 있었다. 달궈진 석탄은 이미 인부의 삽 위에서 불타고 있었고, 이것은 이미 상당히 큰 푸른 불꽃을 띠었다. 항해자들의 가슴속에 언제나 잠들어 있는 푸른 불꽃이다. 나의 치명적인 이야기에 밤이 내려앉는다면, 폭풍우 치는 하늘이 어둑어둑해진다면, 그대들은 저 연통 위에서 성 엘모의 불[15]을 보게 되리라.

그래, 좋다! 오너라, 조명탄 터지는 밤이여, 악몽 꾸다 깨어나는 밤이여, 어두운 폭풍우여, 다가오너라. 짙은 잿빛의 폭풍 속에서 배가 하얗다. 거대한 소용돌이가 바닷물을 깊은 수심부터 헤집어놓고, 해초가 수면 위로 부상하고, 수평선 위로는 재앙의 안내자인 유령선이 떠오른다.

일어나라, 성 엘모의 불이여! 나타나라, 재앙에 수반되는 것들! 무거운 대기, 지나치게 고요한 날씨, 구릿빛 하늘, 납빛 하늘, 어두컴컴한 하늘, 독당근 색의 물결 위로 내리는 창백한 햇빛, 빙산, 소용돌이, 아주 큰 소용돌이, 암초, 난파선 잔재, 큰 파도, 표류 중인 보트 그리고 바다 위에 떠다니는 병이여.

나는 그녀를 기다린다! 그녀가 와줄 것인가? 내가 매일 밤마다 그녀 집 창문 아래에서 지샌 지도 곧 1년이 되어간다. 그녀가 여행 중일 때 거처로 삼는 장소를, 내가 그녀의 산책 장면을 상상하는 꿈결 같은 산책로들을, 크리스털 샹들리에처럼 반짝이는 바카라 도박장들을, 그리고 너무나도 감동적인 호텔 방들, 자고 일어난 첫날 아침이면 전혀 새로운 풍경을 보여주는, 그 방의

---

15 항해 중 악천후를 만났을 때 돛의 끄트머리에서 불이 번쩍이는 현상을 일컬어 성 엘모의 불이라 한다. 심한 경우에는 손가락이나 머리카락 끝에도 불이 튀곤 한다.

창문과 함께 호텔 방들을, 감은 눈앞에 끊임없이 그려낸다. 나를 열광케 하는 사랑, 그것은 곧 그녀의 이름을 얻게 될 것인가?

어쨌든 높은 파고에 휘말려 요동치는 배가 위험에 빠지는 데는 오래 걸리지 않았다. 불운의 정점으로, 배의 선창에 불이 붙었다. 두터운 연기가 숨이 막히게, 뜨겁게, 축축한 석탄 부스러기들로부터 피어올랐다. 몇몇 이들은 갑판의 난간 위로 몸을 던졌고, 또 다른 이들은, 그러한 모험의 무모함에도 불구하고, 그들의 운명을 뒤집힌 바다 위에서 대단히 빈약해 보이는 구조용 보트에 맡겼다.

코르세르 상글로는 홀로 배 위에 남아 있었다. 배가 기울어지기 시작했다. 코르세르 상글로는, 겉보기에 아무 의미 없어 보이는 여러 사실을 알아차리게 만든, 영혼의 완벽한 명철함을 자각했다. 예컨대 그는 배의 연통이 거의 수평으로 기울었을 때, 그래서 그 역시 곤두박질쳐 기관실까지 떨어졌을 때, 휘파람 같던 바람 소리가 곧장 울음소리처럼 변해버린 것이라거나, 액체처럼 쿨렁쿨렁 넘치는 연기의 흥미로운 장면이라거나, 바닷물 위를 화사하게 물들이고 있는 출렁이는 기름막 따위를 지각했다. 그리고 무엇인가가 기름에 튀겨지는 것 같은 소리가 매분마다 커졌는데, 이는 기관실이 침수되었다는 사실을 알리는 것이었다. 기관실은 거품이 다발처럼 이는 가운데, 연기가 깃털처럼 흩날리는 가운데, 그리고 새로이 폭발로 인한 구덩이들이 패는 가운데, 세 차례에 걸쳐 폭발했다. 배는 대단히 빨리 전복하기 시작하여 이윽고 가라앉았다. 배의 잔해들은 조용히 부유했고, 곧이어, 단숨에, 마치 거대하게 벌린 입에 물려 삼켜지듯이 난파선은 바닷속으로 가라앉았다.

난파선은 약 30미터 정도를 가라앉다가 서서히 속도를 늦추고는, 어느 조용한 해저 무덤 위에 뜬 채 멈췄다. 소란스러움이 미치지 않는 곳이었다. 코르세르 상글로는 두 눈을 떴다. 잠수함 한 대가 어느 정도 거리를 둔 채 조심스럽게 잠행 중이었다. 살진 물고기들이 주변을 돌고 있었다. 해초들이 촉수 같은 줄기를 뻗치고 있었다. 코르세르 상글로는 몸을 기울여 바닥을 내다보았다. 잉크를 가득 먹은 압지나 물 머금은 모래의 점도를 가진, 온통 끈적끈적하고 어두운 노란색 풍경이 비쳤다. 판단컨대 깊이는 해저 100미터를 넘기지 않는 듯했다.

빛이 거의 들지 않는 수심이었는데도 바닥에 비친 물고기들의 그림자가 움직이는 것을 뚜렷이 구분할 수 있었다. 코르세르 상글로는 한층 더 내려가보려 했다. 액체 물질에 반사된 저 자신의 모습이 계속해서 그와 그의 목표 지점 사이로 껴들었기에 쉬운 일이 아니었다. 그는 두 눈을 감고, 두 팔을 격렬히 앞으로 뻗고, 다시 눈을 뜨고서는 반사된 자기 자신의 양팔을 붙잡았다. 반사상은 멀어져가며, 층층이 하강할 적마다 물을 뿜어대며, 신속히 그를 바닥까지 이끌었다. 바닥과 가볍게 부딪쳤다. 코르세르 상글로는 드넓은 밭처럼 보이는 해면동물의 무리 속에 목까지 빠져 잠겨들었다. 그것들의 개체수는 아마 30만에서 40만 정도 되었을 것이다. 수면을 방해받은 해마 떼가 사방팔방에서 떠올랐다. 소위 '바다의 촛불'이라 불리는 거대한 초 한 자루에 불이 밝혀질 때였다. 그 미약한 불빛을 받아, 해면동물들이 완만한 기복을 이뤄가며 산더미처럼 군집을 이루는 모습이 반짝반짝 끝도 없이 펼쳐지고 있었다. 해면동물들의 원형 돌기가 대단히 기묘하게 두드러져 보이는 가운데, 코르세르 상글로는 애써 그 사이를 뚫고 나아갔다. 그는 마침내 초 앞에 이르렀다. 초는 숲속의 공터와 같은 곳으로 지정된, 한적한 지대에 우뚝 솟아 있었다. 산호로 된 게시판이 그곳이 공터임을 알렸다. "신비한 해면동물의 공터", 한 무리의 해마들은 거기, 조그마한 검은 조약돌로 조성한 바닥 위에서 노닐고 있었다. 사이렌들의 해골 12구가 나란히 눕혀 안치되어 있었다. 이 공동묘지 앞에서 코르세르 상글로는 큰 안도감을 느꼈다. 잠시 그는 저 성스러운 공간을 관조할 테고, 그러고 나서 해면동물 밭으로 그 또한 영영 자러 갈 것이었다. 그는 다양한 국적의 선원들이 입었던 선원복을 발견했고, 턱시도며 야회용 드레스들을 차려입은 해골들을 발견했다.

그러나 그의 정신은, 불붙은 항공기가 대기 중에 그리는 흔적과 마찬가지로 풍경을 제멋대로 해석했다. 그는 그리스도가 그분의 열두 사이렌을 대동하고 운명을 향해 걸어 나가시는 모습을 다시금 보았다. 어두운 하늘 위로 피처럼 붉은 십자가가 솟아오르고, 이곳저곳에는 이집트 파피루스들이 널려 있다. 그리스풍 기둥의 잔해가 보이는 가운데, 그 기둥머리 장식은 그분의 발

아래 쓰러져 있다. 지평선으로는 전보를 보내는 데 쓰이는 전선들이 보인다. 그는 또한 진주조개들을 경멸하면서, 진즉 바쳐질 예정이었던 해면동물을, 아주 거대하고 물 아래 밤 속에서 초록빛 광채로 자신의 존재를 알리는 해면동물을 채취하는 잠수부를 상상했다.

그러나 바다 초는 금세 타들었다. 코르세르는 초가 무지개로 오르는 시작점이라는 사실을 깨달았다, 그런데 그 무지개는, 마치 대성당에서 그러한 것처럼 둥근 원의 내부에서 보이는 대신에 바깥에서부터 보이는, 그렇게 해서 수면에 닿기까지 뿔 두 개 혹은 초승달 하나와 같은 모양새로 멀어져가는 무지개였다. 수면 위에서는 두 갈래 무지개가 서로 상당한 거리를 두고 떠올라 아주 높은 대기 중에서 서로 결합되어 유령 새들의 기쁨이 될 것이었다. 도시인들에게는 대단히 감탄스러운 장면이었고, 비누 거품을 만들어내는 어린 남자아이에게는 우울한 일이었다. 비누 거품들은 측면마다 창문을 단 채로 떠오른다.

이제 코르세르 상글로에게 바다 밑바닥에 머무르는 것은 중요하지 않았다. 바다 초는 타들어가며 흰 종유석처럼 보이는 커다란 부산물 더미를 남기고, 이는 수중에서 잠시 흔들리다가 이내 부상한다.

코르세르는 그렇게 떠오르기 시작하는 종유석 더미 중 하나에 매달렸고, 오래 지나지 않아 잔잔한 물결 위를 헤엄칠 수 있었다. 배가 없는 어느 항구를 향하여, 인상적인 고요 속에서.

내가 사랑할 여인이 와주기를, 그대에게 환상적인 이야기들을 털어놓는 대신에(나는 선잠에 빠진 채 이야기를 이어나갈 참이었다) 그래 주기를. 오, 밤의 만족이여, 새벽의 번민이여, 속내를 나눌 때의 감동이여, 욕망의 달콤함이여, 싸움의 취기여, 사랑을 따라 표류하게 되는 환상의 아침나절이여.

당신은 읽거나 읽지 않을 것이고, 내 이야기에서 흥미를 느끼거나 지루함을 느낄 것이다. 하나 어쨌든 간에 나는 감각적인 산문의 틀 안에 사랑하는 여인에 대한 사랑을 표현해야 한다. 그녀를 본다. 그녀가 온다. 그녀는 나를 모르거나, 모르는 체한다. 어쨌든 나는 그녀의 말 씀씀이 가운데서 온화한 억양을 포착해냈으며, 특정 구절은 내게 모종의 암시처럼도 보였다.

몇 달쯤 전, 이번 겨울에, 어느 익숙한 공간에서, 그녀가 노래를 불렀다는 것을 떠올려본다. 그녀의 노래는 사람들의 눈에 눈물이 차오르게 한다. 그날은 그녀가 애수 어린 사랑 노래를 불렀고, 그 내용은 내게 중요하지 않다. 나는 그 노래로부터 단순한 곡조, 왈츠 곡조만을, 그리고 노래의 여주인공이 사랑을 고백하는 대목인 두 구절의 후렴구만을 기억했다.

그녀는 그 순간 나를 향해 시선을 돌렸지만, 감히 믿을 수 없게도, 그 눈빛은 모종의 고백을 담고 있었다. 그녀가 미인이라고 말하지 말라. 그녀는 '감동적인' 여인이다. 그녀의 시선이 내 심장에 더 빠른 박동을 부여하고, 그녀의 부재는 내 영혼을 채운다.

진부하다! 다 시시껄렁한 소리다! 여기 이 감각적인 문체도!

저기 저 풍성한 산문도, 진부할 뿐이다. 펜과 입술 사이의 거리는 참으로 먼 것이니 말이다. 그러니 부조리한 것이 되어라. 내가 거들먹거리는 태도로 사랑에 대한 거친 열망을 그 안에 가두길 바라고 있는 소설이여, 불충분하게 되어라. 부족한 것이 되고, 기대에 어긋나는 것이 되어라. 저기 사람들에게 잘 알려진 여자가 다가옴에 따라 나도 가슴이 부풀어 오르는 것을 느낀다. 아무런 감정의 동요도 없이, 나는 300명이 지켜보는 가운데 그녀와 사랑을 나누리라. 그 정도로 나는 주변인들에 대해 관심을 끊었다. 진부해져라, 요란한 이야기여!

나는 아직도 사랑의 경이로움을 믿는다. 꿈의 현실성을 믿으며, 밤의 여주인공들을 믿으며, 가슴속, 이불 속을 파고들어오는 아름다운 밤의 여인들을 믿는다. 보라, 나는 저기 섬세한 수갑을 향해 내 손목을 내민다. 선별된 여인의 수갑, 강철 수갑, 육체라는 이름의 수갑, 치명적인 저 수갑을 향해 손목을 내민다. 젊은 도형수의 꼴이다. 이제는 너의 죄수복에 번호를 박을 시간이고, 너의 발목에 무거운 쇠공을, 잇따른 사랑과 또 사랑이라는 족쇄를 채울 시간이구나.

코르세르 상글로가 항구로 들어선다. 방파제는 화강암으로 되어 있고, 세관은 흰 대리석 재질이다. 그런데 이 무슨 고요함인가. 내가 무슨 이야기를 하던 중이었던가? 코르세르 상글로에 대해서였다. 그가 항구에 들어선다. 방파제는 반암斑岩으로 되어 있고, 세관 건물은 녹아내리는 화산암 재질이다……. 그리고 이 모든 것들에 대해, 이 무슨 정적이란 말인가.

코르세르 상글로는 어딘가 큰길에 진입하여 어느 광장에 이른다. 예모와 예복 차림을 한 살인마 잭의 등신대 조각상이 그를 맞이한다. 해면동물을 파는 상인들은 길가 곳곳에서 코르크로 만든 물건이며 병 속에 담긴 배로 가득한 진열장을 내놓고 있다. 화재경보기들을 보니 유리가 모두 깨져 있다. 덧창들은 모두 닫혀 있다. 지붕마다 피뢰침 받침대가 빛을 번쩍이며 종달새들을 끌어모은다. 모든 지붕 위로 기괴하게 생긴 깃발이 펄럭인다.

코르세르 상글로는 인적 없는 도시를 걷는다.

씁쓸한 가슴에 고독이란 얼마나 감미로운 것인가. 오만한 영혼에게 버림받은 풍경은 또 얼마나 감미롭단 말인가. 살인마 잭의 조각상만이 홀로, 오래전 이곳에서 높은 정신문명을 향유하던 사람들이 살고 있었다는 사실을 알려주고 있는 버려진 도시, 그 도시를 느릿느릿 산책하고 있는 주인공의 모습을 나는 즐기고 있다. 이 조용한 항구 도시에서, 완벽한 전망을 보여주는 이 큰길 위에서, 환상적인 정원 속에서, 난파, 그리고 사랑의 주인공인 코르세르가 산책을 하고 있다. 이제 내가 사랑하는 그녀가 이 이야기 속으로 뛰어들 때다.

그녀가 개입하면 곧바로 어느 초자연적인 존재의 속삭임이 시작될 테고, 그녀가 개입하면 곧바로 이 환상적인 도시와, 너의 대담하고 길들일 수 없는 주인공은 어째서 너의 상상력이 그들에게 덧없는 피난처를 제공해야 하는지 더는 알 수 없게 될 것이다.

조용히! 그녀는 비단 속치마를 입고, 버찌 색 블라우스를 입고, 황갈색 장화를 신고, 오렌지 색조 화장을 하고 올 것이다, 그녀는 내가 그녀를 사랑하는 그대로의 모습으로 올 것이고, 그러면 우리는 자유롭게 모험을 떠날 것이다.

그녀가 오면 곧바로 어느 초자연적인 존재의 속삭임이 시작될 테고, 너는 네 옆자리 죄수와 나란히 사슬로 연결된 갤리선의 노예가 될 테다.

축복받으라, 갤리선이여! 우리 눈에 들어올 해안 풍경이 얼마나 아름다울까! 우리를 묶을 사슬은 또 얼마나 사치스러울까! 그 갤리선은 얼마나 자유로울까!

코르세르 상글로는 곳곳에서 고급 가구점 앞에 이른다. 그것들은 다만 자단목 식탁이고, 떡갈나무 안락의자일 뿐이다. 그는 오랜 시간 복도에서 길을 잃고 헤맨다. 거기서는 새로 꾸민 식사실이 새로 꾸민 침실로 이어진다. 그는 정성껏 왁스칠된 마루 널의 단조로운 연속 탓에 어질어질한 취기마저 느낀다. 때로 승강기가 텅 비고 수상쩍은 수직 통로를 열어 보였다. 천장에는 크리스털이 주렁주렁한 구식 샹들리에가 예상치 못할 때 찾아온 산책자의 모습을 끝없이 반사하며, 가나안의 포도송이[16]처럼 매달려 있었다. 석양이 질 무렵, 그가 밖으로 나오자 공공 급수장

---

16   《민수기》 13장 23절("또 에스골 골짜기에 이르니 포도송이가 달린 가지를 베어 둘이 막대기에 꿰어 메고 또 석류와 무화과를 취하니라"-개역개정)에서 언급되는 포도송이를 말하며, 풍요를 상징한다.

의 노래하는 듯한 물소리에 이끌린 상상 속의 사이렌들이 거리를 가득 메우고 있었다. 그녀들은 서로 얼싸안았고, 어슬렁거렸고, 또 코르세르의 발치에 이르기까지 기어 왔다. 목이 메여 말문이 막힌 채로 그녀들은 정복자에게 해안으로 돌려보내주길 간청했으나, 목청이 걸걸한 그는 제 목소리로 거리를, 그리고 울림 좋은 벽면을 어지럽히지 않았으니, 현실의 두 눈보다도 더욱 명철한 그의 두 눈이 사막과 사람들이 살고 있는 지역 너머로 내가 사랑하는 그녀의 드레스가 드리우고 있는 그림자를 포착했기 때문이다. 내 펜이 날아오르고 나서부터, 어쨌든 조화로움을 향해 나아가려는 고유의 움직임으로부터 움직이기 시작했으나 생기를 얻고만 나의 펜이 종이 속 창백한 하늘을 향해 날아오르고 나서부터, 그녀에 대해 생각하기를 멈추지 못하고 있는 그녀의 드레스가 드리운 그림자를. 내 펜은 날개다. 그리고 그것과 그것이 종이 위에 드리우고 있는 그림자의 도움을 받아, 모든 단어는 하나하나 파국을 향하여, 또는 절정을 향하여 서둘러 뛰어든다.

나는 막 경이로움에 대한 생체적이고 시각적인 표현으로서의 글쓰기라는, 마법과 같은 현상에 대해 이야기했다. 나는 누구에게도 아름답다고 인정받지 못하며 특정한 시각으로 보아야만 아름다운, '쓰는 법'의 화학작용 내지는 연금술을 끈질기게 갈구하고 있으며, 다소 서법적 군더더기가 붙는 것은 유감스럽지만 원자 운동을 헤아리는 데 익숙한 관찰자들에게, 셈에 익숙한 자들에게 권한다. 내가 뱉어내는 단어들이 그 안을 통과하여 조형적인 형상을 띠고 돌아와 내 기억에 부딪힐, 육안으로 관찰 가능한 액체의 방울 수를 헤아려볼 것을, 그리고 지금 이 글쓰기에 바쳐진 핏방울을, 또는 핏방울의 조각들을 헤아려볼 것을 권한다.

코르세르 상글로는 계속해서 나아간다.

마침내 여기, 내가 오리라고 예고했던 여인이 있다. 이제 환상적인 모험이 잇따르게 되리라. 우리의 주인공들은 어떤 사건에 부딪히게 될 것이다, 그게 무엇이든.

그녀는 버찌 색 비단옷을 입었고, 키가 크고, 그녀는, 그녀는, 그녀는 어떻지?

그녀는 거기 있다.

나는 그녀를 휘황찬란한 본성의 상세마저 파악해서 본다. 그녀를 건드리고, 어루만질 것이다.

코르세르 상글로는 뛰어들 것이다. 코르세르 상글로는 시작할 것이다. 코르세르 상글로는, 코르세르 상글로가.

내가 사랑하는 여인, 여인이여, 아! 나는 그녀의 이름을 적고자 했다. 나는 "나는 그녀의 이름을 적고자 했다"라고 적고자 했다.

세어보아라, 로베르 데스노스여. 네가 몇 차례나 '환상적인', '훌륭한'이란 단어들을 동원했는지를 헤아려보아라……

코르세르 상글로는 더 이상 어디선가 베껴 온 양식의 가구들을 취급하는 상점 내부를 산책하지 않을 것이다.

내가 사랑하는 여인이여!

5. 주림의 만滿

북극을 향해 출항한 흑단나무[17] 선박, 이제 죽음은 펭귄도 없고 바다표범도 없고 곰도 없는 어느 혹한 지대의 둥근 만의 모습으로 스스로를 드러낸다. 나는 빙산에 갇힌 배가 내지르는 단말마가 어떠한지 안다. 나는 극지 탐험가들의 얼어붙은 헐떡임과 파라오의 그것처럼 위엄 있는, 그들의 죽음을 안다. 또한 그들의 붉은 천사와 푸른 천사를 알고, 괴혈병과 추위에 타드는 살가죽을 안다. 유럽의 어느 대도시로부터 남풍에 실린 일간지가 빠른 속도로 거대해지며 극점을 향해 날아오를 때, 그중 두 장, 음산하고 커다란 두 장의 날개다.

또한 나는 죽은 자들에 대한 조의가 담긴 전보를 잊지 않으며, 빙판 가운데 꽂힌 국기에 관한 우스꽝스러운 일화도, 대포 운송차 위에 실려 귀향하는 주검도 잊지 않는다.

그것은 오지에서의 자유로운 삶에 대한 어리석은 부름. 그 땅이 얼음의 땅이었든 바위의 땅이었든, 그 삶이 선박 위의 삶이었든 기차 위의 삶이었든, 임종의 터가 군중 속이었든 하늘 가운데였든, 나는 총체적 혼란에 대한 이런 감성적 이미지가 영 감동스럽지 못하다.

그녀의 입술은 내 눈에 눈물이 차오르게 한다. 저기 그녀가 있다. 그녀의 말은 가공할 망치로 내 관자놀이를 두들긴다. 내 상

---

17   흑단나무는 노예 상인들이 흑인 노예를 지칭하는 은어이기도 했다.

상 속 그녀의 엉덩이는 행인들에게 천성적인 매력을 던지고 있
다. 나는 너를 사랑하고 너는 날 모른 체한다. 나는 네가 날 모
른 체한다고 믿고 싶고, 아니, 차라리 그렇지 않다고, 네 몸짓은
암시로 가득 차 있는 것이라고 믿고 싶다. 내게 말 붙이는 사람
이 너일 때면, 가장 시답잖은 문구조차도 감동적인 속뜻을 담는
것이다.

너는 내게 네가 슬프다고 말했다! 그 말을 관심도 없는 이에
게 한 것이냐? 너는 내게 '사랑'이란 단어를 이야기했다. 네가 어
떻게 나의 동요를 포착하지 못했겠느냐? 네가 어떻게 내 감정을
자극하길 원하지 않았으랴?

또는 네가 정말로 날 모른다면, 그것은 저 일력이, 일력의 인
쇄 상태가 시원찮기 때문일 테다. 심지어 네 존재마저 괘념치 않
는다. 벽에 붙어 있는 네 사진, 그리고 내가 너와 만나면서부터
간직하고 있는 날카로운 추억들, 그것들은 내 사랑에 있어 다만
초라한 역할밖에는 수행하지 않는 것이다! 너, 너는 내 꿈속에서
거대한 여인이고, 언제나 존재하며, 무대 위에 홀로 있다. 그럼에
도 불구하고 너는 어떤 역할도 맡고 있지 않다.

너는 내 길로 지나가는 일이 드물다. 나는 이제 가냘픈 손가
락을 보는 나이에 이르렀고, 젊음이 내 안에 너무나도 충만하고
너무나도 현실적이어서, 더는 지체하지도 않고 그 젊음이 시들
어갈 수밖에 없는 나이다. 너의 입술은 내 눈에 눈물이 차오르게
한다. 너는 벌거벗어 내 머릿속에 눕고, 나는 더는 감히 잠들 수

없다.

그리고 보라, 나는 큰 목소리로 너를 이야기하는 것에 지쳤다.

코르세르 상글로는 우리의 비밀 이야기로부터 멀리 떨어져 어느 인적 없는 도시에서 제 갈 길을 가고 있었다. 모두가 그곳에 이르므로 그도 그곳에, 어느 신축 건물 앞에, 정신병원에 이른다.

입원 수속은 그저 형식적인 것일 뿐이었다. 수위가 그를 병원 관계자에게 안내했다. 서류에는 그의 이름과 나이와 욕망이 기입되었고, 그는 선명한 붉은색으로 칠한 잘 꾸민 방 하나를 배정받았다.

그가 정신병동의 마지막 관문을 통과하자마자, 다수의 천재들이 그에게 몰려들었다.

"어서 오게나, 오게나, 젊은이, 괴로운 영혼들을 위해 마련된 장소에 잘 오셨네. 은둔 생활의 다정한 풍경이 그대의 자존심에 다가올 영광을 예비해주길. 그 영광은 그를 위해 주님께서 새틴 천과 설탕의 천국 안에 마련해두신 것이지. 세간의 헛된 시끄러움에서 멀리 벗어나 인내심을 갖고, 절대적 신성이 그대의 관조에 부과하는 서로 모순된 광경들을 찬탄하게나. 그리고 주님의 형상을 정확히 그리는 데 골몰하기보다는, 그저 가볍지만 많은 양의 악취 나는 가스들이 내뿜는 이 사회의 의기양양한 공기가 자네에게 스며들도록 몸을 맡기게나. 단식과 예언과 모든 것을 나누어주시는 분에게 참여하는 영성체, 그러한 운명이 예정된 그대의 입이, 주님의 맛 자체로 감동을 얻길 바라네. 그대의 멀어버린 두 눈이 물질적 대상에 대한 기억까지 모두 잊고, 그리하여 그분에 대한 불타는 신앙의 빛을 바라볼 수 있길 바라네. 또한 그대의 손이 대천사들의 날개에 분명하게 스치는 것을 느끼길 바라고, 그대의 귀가 저 신비로운 목소리를, 계시의 목소리를 듣길 바라네. 행여나 내 조언들이 그대가 보기에 사탄의 관능에 더럽혀진 것처럼 느껴진다면, 감각이 물질에 속한다는 것은 거짓임을 되새겨보길 바라네. 감각은 정신에 속하는 것이고, 오직 정신을 위해 봉사하는 것이며, 그대는 바로 이 감각들을 통해 결정적인 황홀감을 맛볼 수 있는 것이라네. 자신 안으로 파고들게. 감각적 쾌락이 내리는 명령의 탁월성을 인정하게. 감각적 쾌락은 비물질적인 것을 고정시키는 일 말고 다른 어떤 것도 시도하지 않는다네. 화가, 조각가, 음악가, 조향사, 요리사, 이들은 자신의 뜻에 반해 오직 절대적인 관념만을 겨냥할 뿐이라네. 각각의 예술가들은 단 하나의 감각에만 호소한다는 말이네, 그 하나의 감각은 그대가 지고의 기쁨에 닿을 수 있도록 다른 모든 감각을 기를 수 있는데 말일세. 유물론자란 찬탄할 만한 이들 복수의 감각을 없애려는 이라네! 그는 그렇게 해서 관념의 효율적인 도움을 받는 것을 스스로 거부하지만, 이때의 관념이란 추상적인 관념이 아니라네. 관념이란 구체적인 것이고, 그것들은 일단 한번 떠올려졌다면 각각 하나의 창조에, 절대의 어느 한 지점에 대응되는 것이라네. 감각을 박탈당한 추한 금욕주의자는 이젠 제 주위로 살을 둘러 걸친 해골에 지나지 않지. 그런 금욕주의자들의 무리는 이를테면 침범할 수 없는 납골당에 바쳐진 셈이네. 그러므로 그대의 감각을 연마하도록 하게. 지고의 기쁨을 위해서든, 지고의 고통을 위해서든 말이네. 왜냐하면 그것이 기쁨이든 고통이든, 지고의 것이 그대에게 주어지게 된다면 그 둘은 똑같이 욕망할 만한 것이기 때문이지."

어느 위(僞) 라코르데르[18]가 이렇게 말했다.

그리고 부탁이니 내게 증명해보라, 그 말은 진실이 아니었단 말인가? 오후 2시였다. 태양이 반쯤 열렸고, 하늘에서 땅으로 나침반이 비처럼 쏟아졌다. 모두 일제히 북쪽을 가리키고 있는, 니켈로 만든 멋진 나침반이 쏟아졌다.

알베르 탐험대가 수정 사이에서 죽어가고 있는 바로 그 북쪽이다. 몇 년 뒤에는, 순다 열도[19]의 어부들이 그들이 남긴 통 하나를, 탐험대의 유물이자 냄새가 나는 흰 소금통을 줍게 될 것이다. 어부들 중 한 사람은 제 가슴속에서 신비에 대한 동경이 커져가는 것을 느낀다. 그는 파리를 향해 떠난다. 그는 비밀 클럽에 들어가 일한다.

정신병원 위로 내리던 나침반 비가 서서히 멎어간다. 무지개

---

18   위 라코르데르란 '라코르데르'라는 이름을 따와 필명으로 삼은 사람이라는 뜻이다. 라코르데르는 19세기 프랑스의 종교인, 설교자, 정치인이자 자유주의 가톨릭주의의 선구자로 평가받는 도미니코 수도회의 앙리 라코르데르(Henri Lacordaire)를 말한다. 라코르데르는 아카데미 프랑세즈의 회원이기도 했다.

19   말레이제도의 서쪽에 위치한 열도로, 수마트라 섬과 자바 섬을 포함한 대순다 열도와 발리 섬 등을 포함하는 소순다 열도로 나뉜다.

가 뜨는 대신에, 잔 다르캉시엘[20]이 떠오른다. 그녀는 미래 반동분자의 책략을 분쇄하기 위해 돌아온다. 편향된 교과서들에서 완전무장을 하고 튀어나온 잔 다르크가 잔 다르캉시엘과 맞붙으러 온다. 사디즘에 따라 전쟁에 몸을 바친 순수한 여성 영웅 잔 다르캉시엘은 무수한 테루아뉴 드 메리쿠르[21]들을 원군으로 불러들인다, 검은 새틴 천으로 재단한 몸에 꼭 붙는 드레스를 입은 러시아인 테러리스트들을, 정열로 가득 찬 범죄자들을 말이다. 진주조개를 채취하는 어부 여인은 자기 말에 귀 기울이는 남자들의 눈이 휘둥그레지는 것을 본다. 도취 상태에서 그녀는 연기에 열중한다. 그녀의 애인도 작은 배 위에 올라 같은 꿈에 빠져든다.

그리고 어부 여인은, 유약한 이들이라면 연애편지를 쑤셔 넣었을 상의에서 리볼버 권총을 빼어들고는 이렇게 말한다.

"사랑한다, 연인이여! 그리고 바로 오늘, 오로지 나 홀로 결행의 정확한 시각까지 결정한 오늘, 나는 그대에게 내 아랫도리의 벌어진 상처와 내 심장의 핏빛 상처마저 건네련다!"

그녀는 이렇게 말하며 손에 쥔 무기를 가슴 위에 대고 방아쇠를 당긴다. 한 차례 총성이 울린 뒤 푸른 연기가 줄줄이 하늘 위로 솟아오르는 가운데 여기, 그녀가 쓰러진다.

---

20   잔 다르크Jeanne d'Arc와 무지개arc-en-ciel를 연결시킨 말장난이다.

21   안조제프 테루아뉴 드 메리쿠르Anne-Josèphe Théroigne de Méricourt는 프랑스혁명기에 활동한 여성 혁명가로, 급진적인 입장과 호전적인 자세로 유명했다.

고요한 가운데 방이 빈다. 어느 찬탄할 만한 여인의 입술에서 예복을 입은 한 남자가 아직도 입맞춤을 거두고 있다. 잔 다르캉시엘은 젖가슴을 드러내놓고, 안장도 없이 백마에 올라타 파리를 향해 달린다. 그리고 보라. 다이너마이트가 폭발하여, 피라미드 거리와 생오귀스탱 광장에서, 그리고 덤으로 성당에서(하나라도 데!), 투구를 쓰고 있는 저 멍청한 동상[22]들을 파괴한다.

마침내 중상모략을 이겨낸 잔 다르캉시엘이 사랑에 이른다.

알베르 탐험대는 돛대마다 깃발을 올려 단 배를 타고, 이제 얼음 피라미드의 중앙부에 이르렀다. 얼음 스핑크스가 솟아올라 그 풍경을 완성시킨다. 불타는 이집트에서 저항할 수 없이 추운 극점에 이르기까지 어떤 기적적인 흐름이 만들어진다. 얼음 스핑크스가 모래 스핑크스에게 말을 건다.

얼음 스핑크스: 격정에 찬 보나파르트가 돌연 나타나기를. 나의 피라미드 꼭대기로부터 마흔 개의 지질학적 연대들이 관조하고 있는 것은 한 줌의 정복자들이 아니라 세상 사람들이다. 범선과 증기선이, 그리고 멋진 낙타가 내게 다가왔으나 이르지는 못했고, 나는 저 투명한 거대 피라미드의 매끈한 네 면을 통해 북극광이 나뉘어 해체되는 모습을 지켜보기를 고집한다.

모래 스핑크스: 그리고 보라. 때가 다가온다! 사람들은 이미 극점 이집트를, 파라오들이 투구 꼭대기 장식으로 모래풍뎅이가 아닌 철갑상어를 새기고 있는, 극점 이집트의 존재를 의심하고

22　피라미드 거리, 생오귀스탱 광장은 모두 잔 다르크의 기마상이 설치되어 있는 장소다.

있다. 여섯 달 동안 이어지는 밤의 심부로부터 금발의 이시스 여신이 솟아나와 한 마리 백곰 위에 우뚝 선다. 반짝이는 고래들이 꼬리를 흔드는 일격으로 에스키모 모세들을 태우고 둥둥 떠내려가는 요람을 부술 것이다. 멤논의 거대 석상들이 멤위[23]의 거대 석상들을 부른다. 악어는 바다표범으로 변신한다. 그보다 약간 앞서, 신성한 계시가 별들을 서로 연결지어주기 위해 하늘에 대수적인 거대한 상징을 그릴 것이다.

얼음 스핑크스: 육체에 질병이 있다면, 생각에는 언어가 있어라! 내가 모험가들에게 제시하는 극점의 수수께끼는 어떤 처방약이 아니다. 각각의 수수께끼는 스무 개의 풀이법을 갖고 있다. 말들은 구분 없이 찬성과 반대를 이야기한다. 거기에도 또한 절대를 엿볼 가능성은 없다.

진주조개를 채취하는 여인, 눈물로 범벅이 된 그녀는 (그런데 나는 그녀를 죽이고자 하지 않았던가) 나의 정신적 테러로부터 살아남아 마구 오열하며, 자신의 자매인 잔 다르캉시엘이 방으로 들어가는 것을 본다. 무용지물이 되어버린 잔 다르크 동상의 받침돌 위로 석탄으로 된 거대한 문어들이 올라가 자리 잡는다. 광부들이 찾아와서 그 위로 관을 씌워줄 것이고, 밤낮으로 타오를 데이비스 램프[24]를 놓아두리라. 그 진정한 여성 모험가의 털 난 성기를 기념하며 말이다.

23　멤위Memoui는 멤논Memnon에서 '아니다Non'를 '그렇다Oui'로 치환한 말장난이다.

24　광부들이 탄광에 들어갈 때 사용하던 안전 램프의 상표 이름.

내가 잊고 있었던 주인공 코르세르 상글로는 잘 꾸민 자신의 작은 방 안에서 잠에 빠져든다.

새까만 천사가 그의 머리맡에 자리 잡고 앉아, 전깃불을 끄고 꿈의 문법서를 펼쳐든다. 라코르데르는 이렇게 말한다.

"1789년에 절대왕정이 전복되었던 것과 마찬가지로, 1925년에는 절대적인 신성을 무너뜨려야 하네. 신보다 더 강한 것들이 몇 가지 있단 말이지. 「영혼의 권리 선언」이 필요하고, 정신을 해방해야 하네. 정신을 물질에 종속시키는 방식이 아니라, 물질을 영원토록 정신에 종속시키는 방식으로!"

몇 년 전부터 계속해서 전진해온 잔 다르캉시엘은 겨드랑이에 《지구 중심으로의 여행》[25]을 낀 채로, 마침내 얼음 스핑크스의 앞에 이른다.

스핑크스는 다음 수수께끼를 풀 것을 요구한다.

수수께끼

"태양보다도 더 높이 솟고 지옥불보다도 더 낮게 내려가는 것, 또한 바람보다도 더욱 유동적이고 화강암보다도 더 단단한 것은 무엇인가?"

한 치의 망설임도 없이, 잔 다르캉시엘은 이렇게 대답한다.

"술병이지."

25　프랑스 작가 쥘 베른이 1864년 발표한 공상 과학 소설이다.

"왜 그러한가?"

스핑크스가 묻는다.

"내가 그러길 원하니까."

"좋다, 너는 지나가도 좋아. 몸도 마음도 오이디푸스로군."

그녀가 지나간다. 사냥꾼 한 사람이 수달 거죽을 인 채로 그녀에게 다가온다. 그는 그녀에게 마틸드를 아느냐고 물어보지만, 그녀는 마틸드를 알지 못한다. 그는 그녀에게 전서구 한 마리를 준다. 둘은 함께, 서로 반대되는 길을 따라간다.

이 세상 것을 벗어난 생각들의 연구실에서, 어느 위 살로몽 드 코[26]가 영구기관을 만들기 위한 설계도에 마지막 수정을 가한다. 조수 간만의 운동에너지와 태양의 공전에 기반한 그의 구상은 캉송[27]사의 종이 마흔여덟 장을 차지한다. 지금 이 부분이 쓰이고 있는 시각에, 우리의 발명가 선생은 마지막 마흔여덟 번째 페이지를 비대칭적인 별이 박힌 조그마한 삼각형 깃발로 뒤덮는 데 몰두하고 있다. 결과는 기다려지지 않을 것이다.

연금술사들의 용액으로부터 부글거리는 소리가 나는 11시가 가까워질 때, 창가에서 가벼운 소음이 들려온다. 창문이 열린다. 밤은 러시아제 커다란 망토를 걸친, 창백하고 벌거벗은 여인의

---

26   살로몽 드 코Salomon de Caus는 다방면에 걸친 저술을 남긴 프랑스의 공학자이자 건축가다.

27   캉송Canson은 프랑스의 제지회사 이름이다.

모습을 하고 연구실에 침입한다. 그녀의 짧은 금발은 그 고운 얼굴 주변으로 어렴풋한 미광을 이룬다. 그녀는 공학자의 이마에 손을 얹고, 공학자는 두통에 시달리는 관자놀이의 성벽 아래로 신비한 샘물이 흘러 들어옴을 느낀다.

저 두통을 진정시키기 위해서는 앨버트로스와 꿩의 집단 이동이 필요할 테다. 그 새들은 주변 고장에서 한 시간 동안을 보내다가 떨어져 샘물 속으로 빠져들 것이다.

그러나 새들의 이동은 일어나지 않는다. 샘물은 규칙적으로 흘러간다.

밤은 개인 침상 위에 한 다발의 수련을 남겨두며 떠나간다. 아침이 되자, 경비가 꽃다발을 발견한다. 그는 대답 없는 미치광이 한 사람을 심문하고, 그 후 구속복의 힘 아래 굴복한 채로 그 불행한 이는 더는 독방에서 빠져나가지 못하리라.

아침 이른 시간, 코르세르 상글로는 이미 저 가소로운 장소를 벗어났다.

잔 다르캉시엘, 진주조개를 채취하는 어부 여인 그리고 루이즈 람이 한 방에서 마주친다. 창밖으로는 에펠탑이 잿빛 하늘을 배경 삼아 회색빛으로 어두워져가는 것이 보인다. 마호가니 책상 위에는 스핑크스 모양을 한 청동제 문진 하나가 완벽하게 흰빛을 띠고 있는 유리구슬 옆에 놓여 있다.

사람이 셋일 때는 무엇을 해야 하는가? 벗어야 한다. 바닥에 어부 여인의 원피스가 떨어지고, 단박에 내의만 입은 그녀의 모습이 드러난다. 희고 짧은 내의가 그녀의 가슴이며 엉덩이를 그대로 드러내 보여준다. 그녀는 하품을 내뱉으며 기지개를 켜고, 그러는 동안 루이즈 람은 정성스럽게 맞춤 예복의 조임새를 끄른다. 벗는 모습의 느릿함이 더욱 큰 흥분을 불러일으킨다. 가슴 봉우리 하나가 솟구쳤다가 도로 들어간다. 루이즈 람 역시 전라가 되었다. 잔 다르캉시엘로 말할 것 같으면, 진즉에 제 상의를 찢어발기고 스타킹을 벗은 뒤다.

셋은 함께 하나의 혼으로 들어서고, 활활한 잉걸불의 색을 띤 밤은 그들을 가로등불의 반사광으로 감싼다. 밤이 소파 위에서 서로 꼭 끌어안고 있는 그들의 모습을 감춘다. 거친 몸짓들 탓에, 그리고 단일한 호흡에 의해 활기를 띠는 움직이는 덩어리와 같은 그들 모습 탓에, 그들은 다만 새하얗도록 밝은 빛일 뿐이다.

코르세르 상글로가 그 방 창문 아래를 지나간다. 그는 다른 창문을 바라볼 때와 마찬가지로, 건성으로 그 창을 바라본다. 그는 어디서 세 사람의 동행인을 찾아 산책을 다시 시작할지 자문한다. 자동차 헤드라이트를 받아 생긴 그의 그림자가 세 여인이 있는 방 천장에 마치 시곗바늘처럼 드리워진다. 잠시 동안, 세 여인은 그 그림자를 바라본다. 그림자가 사라진 뒤에도 오래도록 그녀들은 자신들을 사로잡은 불안의 원인에 대해 자문한다. 그녀들 중 한 사람이 코르세르의 이름을 내뱉는다.

"그는 지금 어디 있을까? 어쩌면 죽은 게 아닐까?"

그리고 그녀들은 밤이 깊을 때까지 난롯가에서 몽상을 이어간다.

알베르 탐험대는 고래잡이들에 의해 발견되었다. 빙하 속에 갇힌 배가 안에 감추고 있는 것이라고는 오직 시체뿐이었다. 빙산에 꽂힌 깃발 하나가 저 불행한 뱃사람들의 노력을 증언하고 있었다. 그들의 유해는 일단 오슬로(옛 크리스티아니아[28])로 인도될 것이다. 두 대의 순양함이 그들에게 경의를 표할 것이다. 유해들을 싣고 프랑스로 귀향하게 될 장갑함이 도착할 때까지, 일군의 선원들이 밤새도록 유해 곁을 지킬 것이다.

떠오르는 햇빛 아래 희게 드러난, 소리도 없이 앙상한 나무들로 둘러싸인 높은 담벼락을 둔 그 정신병원은 마우솔로스 왕[29]의 무덤을 닮은 듯하다. 그렇게 여기 세계 7대 불가사의가 모습을 드러낸다. 7대 불가사의는 역사의 심연으로부터 인간 변덕에 희생된 자들, 미치광이들에게로 전수된다. 여기 로도스의 거상[30]이 있다. 정신병원 건물은 그 발치에도 미치지 못한다. 거대 동상은 다리를 벌린 채 병원 위로 꼿꼿하게 서 있다. 알렉산드리아의 등대는 프록코트를 걸치고서 모든 창가로 찾아든다. 커다란 붉은 불빛이 황량한 도시를 훑는다. 노면 전차들이 있는데도 불구하고, 300만 명의 주민들과 잘 조직된 경찰에게 버림받은 도

---

28 노르웨이의 수도 오슬로는 1925년까지는 크리스티아니아로 불렸다.

29 마우솔로스는 고대 소아시아 카리아의 폭군이었으며, 오늘날까지도 '화려한 무덤 Mausolée'이라는 단어에 그 흔적을 남길 만큼 거대한 무덤을 조성하게 했다. 마우솔로스의 무덤은 고대 7대 불가사의 중 하나였다.

30 7대 불가사의 중 하나로, 그리스 로도스 섬에 있던 거대한 동상이다.

시를 훑는다. 알레고리적 초승달이 끝내 지평선에 붙어 사그라지는 동안, 돌연 어느 막사로부터 기상 북소리가 시끄럽고 흉폭하게 울려 퍼진다.

넓은 이마에 날카로운 눈빛의 건장한 노인 한 사람이 샹드마르스 공원을 주파한다. 그는 구멍 뚫린 피라미드 탑 쪽을 향해 나아간다. 그가 탑을 오른다. 경비는 노인이 깊은 명상에 잠겨드는 것을 본다. 경비는 그를 홀로 내버려둔다. 그러자 노인은 난간 너머로 발을 내밀어 허공으로 몸을 날리는데, 그 뒤의 이야기는 우리의 관심사가 아니다.

살다 보면 우리의 행동의 이유가 자신에게 너무나도 연약한 모습으로 드러나는 순간이 있다.

나는 호흡을 고르고, 바라본다. 나는 내 생각들에게 그들이 서로 다툴 결투장을 내어주는 데 이르지 못한다. 생각들은 고집스럽게 서로 뒤섞여 물결을 그리려 한다.

어떻게 그대는 밀 이삭이, 내가 경멸하는 자들의 주된 관심사인 밀 이삭이 그 위에 싹을 틔우길 바라겠는가?

그러나 원고 한 장 없이 메마른 들판 위에서 부주의에 의해 집합하게 된 코르세르 상글로, 뮤직홀의 여가수 루이즈 람, 극지 탐험가들과 미치광이들은, 만약 그들이, 잉크병의 깊숙한 밤으로부터 솟아오른 유령들이 진즉 집착을 버리지 못했다면, 새하얀 돛의 꼭대기에 페스트가 돌고 있음을 알리는 검은 깃발을 헛되이 올려 달 것이다. 집착이란, 저 완벽한 밤, 액체 상태의 밤으로부터 다만 제 손가락에 묻힐 검은 얼룩을 길어낼 뿐인, 페인트칠된 몽상의 벽 위로 손가락 도장을 찍을 때 나타나는 그 고유한 얼룩을 묻힐 뿐인, 그리하여 어리석은 대천사들을 잘못된 판단으로 이끌 수 있는, 그런 얼룩을 묻힐 뿐인, 그런 이에게나 소중한 것이다. 어리석은 대천사들은 논리적 추론에 따라, 오직 장중한 어둠에 친숙한 정신만이 낮이 밝아온다거나 잠이 깬다거나 하는 위험이 다가옴에 따라 달아나버리는, 정신의 불명료한 본성에 대해 구체적인 흔적을 남길 수 있다고 확신하는 이들이요, 회계원의 일과 시인의 일이 결국 종이 위에 똑같은 상처 자국을 남긴다는, 그리고 회계원의 어떤 신비도 없는 줄글과 난해하고 예언적인 글, 그리고 어쩌면 제 자신도 모르는 사이에 신성하기까지 한 시인의 글을 구분해낼 수 있는 것은 오직 사유의 모험가들이 지닌 날카로운 식견뿐이라는 생각을 하지 못하는, 그런 자들이다. 결국 가공할 만한 저 페스트의 정체란 서로 충돌하는 감정의 폭풍이고, 그 폭풍을 개인적인 야심들과 맞세우는 것은, 그리고 마법적이고 효과적인 글쓰기를 통해 종이를 거울로 바꾸어놓겠다는 우스꽝스러운 희망에서 벗어난 어느 정신에 맞세우는 것은, 적절한 일이기 때문이다.

6. 죽음을 반대하는 팸플릿

루이즈 람의 시신이 입관되었고, 관은 영구차에 실렸다. 우스꽝스러운 모양의 영구차가 몽파르나스 묘지 쪽을 향한다. 강을 건넌다. 길가에 집들이 늘어서 있다. 영구 행렬 앞으로 노면 전차들이 멈춰 선다. 지나가는 이들은 모자를 벗어 예를 표한다. 행렬을 따르는 이들의 발걸음이 각기 다르다. 그래서 그들은 서로 부딪히거나 멀어져간다. 상여꾼들의 대화가 시작된다……

첫 번째 상여꾼: 내 고향에 대저택이 하나 있었다네. 거기 사는 사람들은 인근의 시골 들판 어디에서라도 마음껏 꽃을 따 모을 수 있었는데, 그럴 수 있을 정도로 그 집은 거기 사는 이들에게 모종의 특권을 부여했던 것이지. 하지만 파도와 동상 받침대는 더욱 큰 근심에 빠져드는데, 파도는 인공 늪지대에 원뿔 모양으로 쌓여가는 소금을 염려하고, 다른 하나는 날개 아래 한 통의 사랑 편지를 품고 하늘을 날아가는 전서구를 염려한다네. "사랑하는 마틸드야, 내가 막 너의 이름을 부르고 있는데, 극지방의 몸집 큰 수달들과 온통 따뜻한 털로 덮인 늑대들이 우리 사냥꾼들의 소총 아가리로 몸을 던지러 오는구나. 나는 스텝 지방의 한가운데서 예수 그리스도 수난상을 발견했단다. 내가 그리스도를 건드리자, 그것은 마치 얼어붙어 있던 고대 매머드처럼 가루가 되어 바스러졌고, 그 잔해는 썰매를 끌던 개들이 먹어치웠단다. 그리고 개들은 고해성사를 보지 않았단다. 하긴 개들을 위한 고해 신부는 없으니 말이다. 개들은 단식에 들어갔단다. 사랑스럽고 귀여운 마틸드야, 너의 애인은, 너의 애인은……"

하지만 그들은 꽃들을 염려하지는 않았다네. 그들은 저택 아래에 거대한 지하도를 팠고, 지하도를 뚫어 바다까지 이르기를 원했다네. 통로를 받칠 기둥들을 정성스럽게 세워서 무른 부식토를 지나, 석회암 층을 지나, 화석을 지나, 지하 동굴, 종종 순수한 지하수의 물줄기 졸졸 흐르고, 종유석과 석순들이 자라나 있고, 때로는 선사시대 그림들이 그려져 있거나, 거의 누구인지도 식별할 수 없는 뼈들이 가득 쌓여 있는, 그런 지하 동굴을 지나, 땅 아래의 완벽한 밤도, 타고난 수명보다 때 이르게 매장당할지도 모른다는 생각도 두려워하지 않고 그들은 나아가려 했던 것이네. 6년간의 고생 끝에 그들은 바다에 닿았다네. 빛과 함께 물줄기가 비집고 들어와 그들을 익사시켰지. 버려진 저택으로부터 차오르는, 소금기를 머금고 뿜어져 나오는 바닷물만이 이 모험의 유일한 흔적이라네.

두 번째 상여꾼: 요리사 여인의 두 손에 감싸여 커피 원두 분쇄기가 원두를 가는 소리를 내고 있었다네. 그리고 고요한 과수원에서 갑자기 울려 퍼지는 것은 다음과 같은 과수원 관리인의 격한 외침이었지. "마님이 죽어간다! 마님이 돌아가셨다!" 불쌍한 그 마님은 실제로 죽어 있었고, 또한 사치스러운 모양새로 죽어 있었다네. 그녀는 당근으로 채운 베개 위에서 복사꽃으로 엮은 수의를 입고 죽어 있었지. 그리고 그 이후, 애도에 잠긴 집에서는 푸른 앞치마를 두른 보이지 않는 요리사 여인의 거친 손아귀 안에서 돌아가는 커피 원두 분쇄기 소리가 끊이는 일이 없었으며,

경솔함 없이 주도면밀한 연인과 홍조를 나타내는 사제가 그 집의 닫힌 창문 앞을 무사히 지나치는 일도 결코 없었다네.

세 번째 상여꾼: 월급이 인상되었을 때, 방황하는 유대인[31]은 자전거를 한 대 샀다네. 그는 길을 따라 나아가네. 되도록이면 언덕 꼭대기들을 잇는 험한 길을 따라가네. 그때 태양은 들판 위로, 그리고 마을 위로 불길하게 끌리는, 움직이는 동그란 그림자를 더욱 커다랗게 만들어가며 그 이륜차 바퀴들 위로 내리쬐지. 그가 지나는 길목으로부터 고요한 장소들이 탄생한다네. 철도의 건널목 차단기가 서서히 움직이네. 멀리서는 석양이 지는 시간에 어느 양치기 여인이 제 폭넓은 치마를 가슴보다 높게 들춰올리고, 문제의 여행자는 길가에서 그 모습을 보고 깜짝 놀란다네. 자, 주목하게나, 방황하는 유대인이 오페라 광장을 지나가고 있네.

네 번째 상여꾼: 어느 날 밤, 두 그루 나무가 서로 은밀히 얽혀드네. 다음 날 이른 아침, 나무들은 각기 제 뿌리에 할당된, 제한된 위치로 돌아가고, 그 후 잠시도 지나지 않아 한 사냥꾼이 그 두 나무가 이동한 흔적 앞에 놀란 채 멈춰 서네. 그의 생각에 따르면 그 나무 두 그루를 옮긴 주체인 저 전설의 동물에 대해 그는 몽상하네. 그는 정성스레 소총에 탄환을 재우고, 해가 떠 있

---

31 그리스도교 전승에 따르면, 골고다 언덕을 오르는 예수 그리스도의 도움을 거절했던 한 유대인은 이후 죽지 못하는 몸이 되어 그리스도의 재림 때까지 세상을 방랑하는 벌을 받았다고 한다.

는 동안 내내 그 주변을 성큼성큼 배회하지. 그는 다만 까마귀 한 마리를 죽일 뿐이지만, 죽은 까마귀를 주을 생각조차 하지 않는다네. 밤이 찾아오자, 그 까마귀는 의식을 회복하네. 까마귀는 하늘 높이 솟아올라 제 날개를 펼치네. 다음 날은 안개가 낀 날이고, 그 안개 너머로는 토마토처럼 붉은 태양이 있다네. 다음 다음 날은 안개가 낀 날이되, 그 너머로는 마치 계란에서 파낸 연한 빛깔의 노른자 같은 태양이 있고, 그렇게 계속해서 석 달 동안 낮의 상황이 영원한 밤까지 이어진다네. 농민들은 주위를 밝히기 위해 숲에 불을 지르네. 구름 떼처럼 까마귀들이 솟구쳐 날아오른다네. 다음 날 한낮에 두 그루 나무가 있던 장소에는 약간의 숯 더미만이 남았고, 경작지에는 서른세 마리 까마귀들이 있고, 사냥꾼의 등에는 두 장의 연회색 빛 날개가 돋아나 있네. 매일 저녁 그 색이 짙어지고, 매일 아침 해가 떠오를 때마다 조금씩 발하는 빛이 덜해지는 두 장의 날개라네. 마침내 사냥꾼은 새까만 대천사가 된다네. 그의 총이 못된 이들을 겁에 질리게끔 하지. 그리고 어느 무더운 정오, 그의 두 날개가 그가 원하지도 않는데 펄럭이기 시작한다네. 날개는 그를 아주 높은 곳으로 아주 멀리 데려가지. 그 후로는 어느 누구도 사냥꾼의 고향에서 늙은 떡갈나무 몸통에 제 머리글자를 새기지 않는다네.

네 번째 상여꾼이 자기 이야기를 마쳤을 때 장례 행렬은 어느 대로를 따라 걷고 있었다.

그러니 루이즈 람의 영구차가 지옥으로 떨어지기를, 루이즈 람의 시신과, 관과, 그녀에게 모자를 벗어 애도하는 이들과, 그녀의 장례 행렬을 쫓는 이들도 모두 그러하길. 그녀의 추잡한 몸뚱어리며 저기 우스꽝스러운 장례 행렬이 내게, 나에게 어떤 의미가 있겠는가? 죽음의 우스꽝스러운 이미지가 내 꿈의 유동적 배경 속으로 스며들 일은 결코 없다. 육체적인 죽음, 그것은 내게 어떠한 감정도 일으키지 않는데, 나는 영원 속을 살아가기 때문이다.

영원, 그것은 나를 차지하고자 자유와 사랑이 서로 부딪히는 호화로운 무대. 영원은 마치 커다란 계란 껍질처럼 모든 방향에서 나를 둘러싸고, 여기 자유, 아름다운 암사자가 제 마음 내키는 대로 변모한다. 여기 그러한 자유, 움직임 없는 구름 아래 상투적으로 이는 폭풍. 여기 그러한 자유, 국민의회에 출석하고 쾨양파 클럽의 테라스에 출몰하는, 프리기아 모자를 뒤집어쓴 괄괄한 여인. 헌데 그 여인은 여전히 저 경이로움인가. 여전히, 밤중의 올림포스에 운명적으로 붙은 저 단어인 경이로움인가. 유연하고 유혹적인 여인, 그리고 이미 그 자신이 사랑인 여인은? 거친 가슴의 사랑, 목감기에 걸린 사랑. 두 팔로 사람을 가두려는 사랑, 파란만장한 밤샘을 지닌 사랑. 그런 사랑과 단둘이서, 레이스를 펼쳐둔 침대 위에서.

여기, 반투명한 영원의 천장 아래 머물러 있는 것 말고는, 나는 어떠한 선택도 내리지 못할 것 같다.

뒤몽 뒤르빌[32]의 묘비가 드리운 그림자 속에서 지하 가족 묘소가 지면에 닿을 정도의 높이까지 솟아오른다. 그런데 저 뒤몽 뒤르빌의 사후 기념물이, 오세아니아를 연상시키는 벽돌 빛 붉고 예쁜 원뿔탑이, 나를, 대부분의 사람들이 제 운명을 한정시키는, 가구가 들어찬 이 땅에 붙잡아놓을 것이라 생각하는가? 대양, 사막, 빙하와 마찬가지로, 공동묘지의 벽 역시 온전히 상상적인 내 존재에 한계를 짓지는 못한다. 그런데 저 물질적인 형상, 죽음의 무도의 해골은 제 마음 내킨다면 내 창을 두드릴 수도 있을 것이고, 방 안으로 침입할 수도 있을 것이다. 그렇게 한다면 그것은 그것의 옥죄기를 비웃을 어느 건장한 투사를 발견하게 되리라. 묘비명 새기는 이들이여, 대리석공들이여, 애도사 읊는 이들이여, 화관 파는 이들이여, 장례식으로 먹고사는 너희 족속들이란 솟구치는 내 삶의 지고한 날아오름을 깨부수는 데 무력하리라. 원인도 목적도 없이, 세상 경계보다도 더 멀리, 여호사밧[33]을 기리는 축제들이며 전기傳記들보다도 더욱 멀리 날아오르는 나의 삶을. 루이즈 람을 실은 영구차는 파리 시내 안에서 무사히 길을 따라갈 수 있으리라. 나는 그동안에 결코 그녀에게 인사하지 않으리라. 나는 내일 루이즈 람과의 약속이 있고, 그 어떤 것도 내가 그녀를 만나러 가는 것을 막지는 못하리라. 아

32 쥘 뒤몽 뒤르빌Jules Dumont d'Urville은 남극해 탐험으로 유명한 프랑스의 군인으로 해군 소장이었다.
33 여호사밧Jehoshaphat은 남유다 제4대 왕으로, '여호와께서 심판하셨다'라는 뜻의 이름이다.

마도 클레마티스[34] 화관을 쓴 그녀의 모습은 창백하겠다만, 그녀는 현실이고, 만질 수 있으며, 내 의지 아래 종속되어 있으리라.

운명은 내 희망을 저버리지 않는다.

죽은 루이즈 람은 나를 만나러 왔고, 우리가 마주쳤던 이들 중 어느 누구도 그녀에게 일어난 변화를 알아챌 수 없었다. 다만 약간의 무덤 냄새가 그녀가 뿌린 용연향에 섞여 있었다, 무덤 냄새, 내가 그녀의 침대보에 코 박고 여러 차례 들이마셨기에 익숙한 냄새, 수없이 자글자글한 주름 탓에 피로해 보이던 침대보, 이른 아침 서로 부딪히는 물결의 흐름처럼, 그리고 아침 밀물에 따라 굳혀진 물결처럼 비치던 그 주름, 또는 차라리, 물속에 던져진 어느 몸의 잔해에 붙은 사지가 헝클어놓았기에 번지는, 상충되는 흐름의 물결로 보이던, 예컨대 강물에 빠진 한 사내, 당신이 원한다면, 목에 돌덩이를 감은 한 사내가 일으킨 파문처럼 보이던 다수의 동심원들. 모든 것은 죽음을 환기하기 때문이다. 스핑크스가 살아 움직이던 먼 옛날로부터 매장되어온, 향유에 적신 이집트인들의 붕대에 칭칭 감긴 인간 육신들이며, 용기들이며, 그것이 검은색이라면 너무도 빠르게 성당 꼭대기 닭 모양 풍향계로, 결국 흰 대리석 같은 종잇장 위에서 말라버릴 펜을 향해 '쓰여진' 말들, 그러한 말의 무덤을 지배하는 펜에 제 몸을 부딪히기 위해 날아가 가느다란 한 줄기 선으로 변모해버리는 한 마

---

34 미나리아재비과에 속하는 덩굴 식물로, 꽃말은 '고결함' 혹은 '당신의 마음은 진실로 아름답다'.

리 까마귀, 펜대에 이르기까지. 그리고 그 펜대가 붉다면, 그것은 채색 석판화에 새겨진 지옥의 물질적 불길이거나 화장 가마의 관념적인 불길이고, 모자, 그것은 성인들에게 나타나는 후광 내지는 마지막 날의 화관, 별이 비추는 표징에 따르지 않는 왕들이 그네들의 가소로운 상징물인 자기로 만든 왕관이며 모조 진주로 만든 투구, 철사와 함께, 그리고 수많은 후회와 함께, 그리고 시종 대신에 사랑하는 이에게 보낼 편지를 거느리고서, 별이 비추는 반대 방향으로 나아가 영혼에게 속하는 어떤 것을 대지에게 요구하게 될, 그런 날의 화관.

그와 마찬가지로, 저 잉크병, 그것은 경련할 때 온전히 곧추 세워지는 여인의 몸이 아니던가. 또한 바람 속에서 제 감각을 잃어버린 몽상가요, 연인의 입을 위한 젖꼭지요, 빳빳한 남근이지 않은가. 그러한 사정은 시인의 손아귀 속에서 음란하고 상징적이 되는 펜대 또한 마찬가지요, 여성기처럼 쪼개져 있거나 궁둥이처럼 둥글한 모자 또한 이와 마찬가지다. 이 모든 이미지들이 정신 안에서 땅 고르기 작업을 한다. 하나의 동일한 소품에 견줄 수 있는 이 모든 요소들이란 하나같이 동등하지 않던가? 죽음은 삶에 대해, 그리고 사랑에 대해, 마치 낮이 밤에 대해 그러한 것과 같도다.

속임수여, 수학과 형이상학이 가진 영원한 힘이여! 모순을 감수하지 않을 수 있는 이는 아무도 없으며, 나는 진실로, 불타는 사유의 두 극단 사이에서 회의주의라는 차디찬 적도 위에 머물러 있는 자들을 경멸한다. 가장 고결한 믿음과 충돌하는 진부한 상식이여, 신념을 어떻게 남용하기에 사람들은 너를 근거로 띄엄띄엄 살려 하는가? 비록 너희들에게 활기를 불어넣는 멍청한 '바람'에 몸을 맡기는 것은 그토록 기분 좋은 일이지만서도 말이다.

탄환이 소총에 내맡겨진 것처럼, 나의 정신 또한 그러한 바람에 종속되어 있다. 이 폭풍 속에서 바람개비의 절망적인 움직임, 연의 비틀림, 날개의 멋대로 펄럭이는 움직임 외에 모종의 다른 동작을 취한다고 주장하는 이들, 항구에 도달할 수 있다는 키잡이를 자처하는 자들, 회의가 불안의 동의어가 아닌 이들, 그러므로 교활하게 미소 짓는 저자들은 내게 또 얼마나 큰 웃음을 안기는가!

목적이라고? 그것은 바람 그 자체, 폭풍 자체다. 그리고 그러한 바람과 폭풍우가 헤집어놓는 풍경이 무엇이든 간에, 바람이란 만질 수 없는 것이고, 논리적인 것이 아닌가?

멍청한 것은 인간들이다. 범선의 돛을 회오리바람 이는 것과 같은 원리에 따라 세우면서, 항해를 난파보다 더욱 논리적인 것으로 여기고 있으니 말이다.

바람의 존재마저 모르고 있는 인간들을 나는 얼마나 경멸하는가.

그러느니 차라리, 계속해서 장난감으로 남으면서도, 그것을 부정하는 편이 나으리라.

"하지만 죽음은요?"

"그것은 그대에게 좋은 것입니다."

7. 세계가 밝혀짐

오후도 반쯤은 흘렀을 무렵, 코르세르 상글로는 플라타너스 나무가 심어진 어느 대로에 있었다(또는 돌아와 있었다). 길가에 가로누운 다 벗은 여체가 그의 주의를 끌지 않았더라면, 그는 오래도록 길을 걸었을 것이었다. 오래전, 그의 가슴에 루이즈 람은 천민들이 보기에 파렴치한 방식으로 입맞춤을 퍼부었다. 그후로 인접한 서로 다른 길이 그들을 반대 방향으로 이끌었는데, 그 길들은 결코 다시 만나지 않았다. 현대식 건물의 지붕 위로 솟아난 금빛 궁륭을 보아하니, 그곳은 앵발리드 광장의 한 거리 또는 몽소 공원의 거리였음이 틀림없었다. 그 거리 위로 널브러진 저 헐벗은 시체의 존재에 대해서라면, 누구도 그것을 설명할 수 없을 것이었다. 코르세르 상글로가, 여인의 시체가 뻣뻣함에도 불구하고 여전히 경탄스러운 어떤 것이었다는 데 대한 증인으로, 하늘과 나무들과 무심한 자갈길을 취하면서도, 그러면서도 잠시간의 망설임 끝에 제 갈 길을 계속해서 가지 않았더라면, 그는 아마도 제 마음속에서 기이한 감정이 싹트는 것을 느꼈으리라. 사랑과 죽음만이, 사랑과 죽음이 마주쳤을 때만이 어느 존중

할 만한 영혼 안에 싹을 틔울 수 있는, 그러한 기이한 감정. 감정의 풍경, 결코 주인을 맞은 적 없는 무덤을 우리 손으로 건설하는 사랑에의 상위 지역이여, 물리적 최종 변모가 그대가 보는 앞에서 환기되었을 때 그 사내는 모종의 품위를 획득한다.

코르세르 상글로는 외로운 몽상에 잠긴 실편백의 산책로 위로 상상의 신발 자국을 찍어주기 위해 갈 길을 계속해서 가고 싶은 생각을 품지 않았다.

그는 저기 아름다운 죽은 여인이 가로누운 길 옆 보도에 위치한, 규석 벽돌로 쌓아올린 건물을 발견했다. 건물의 3층 발코니에는 간판이 붙어 있었는데, 양식이나 소재에 있어서나(검은 바탕에 금빛 글씨가 새겨져 있었다) 여성용 모자 제조인의 간판과 닮아 있었고, 어두운 햇빛을 다음과 같은 글씨가 반사하고 있었다.

'나른한 베르트의 집'

코르세르 상글로는 망설이지 않았다. 그는 건물의 복도 안으로 들어갔다. 여자 수위는 아름다운 사이렌이었는데, 본능적으로 시기에 따라 비늘을 가는 중이었다. 탁자며 찬장 그리고 앙리 2세풍 괘종시계를 갖춘 수위실 안에는 녹색과 흰색의 사이렌 비늘이 어지럽게 널려 있었다. 오래 지나지 않아 비늘 갈이는 끝이 났고, 사이렌은 마치 양털로 덮인 양 새하얀 비늘이 덮인 멋진 꼬리에 윤을 냈다. 하나 코르세르는 건물 위층, 위층으로 오르는 발걸음을 서둘렀다.

사이렌은 계단 쪽으로 물갈퀴 달린 흰 손을 들어 올렸다.

"조심하는 게 좋을 거다, 코르세르 상글로, 해파리들을 채어
가는 자, 불가사리들을 약탈하는 자, 상어들의 살해자여! 내 시
선에 저항하는 이들 중 무사한 이가 없노라."

3층에 도착한 젊은 남자는 어느 집 현관 초인종을 울렸다. 금
빛 장식줄을 늘어뜨린 키 큰 하인이 그에게로 와 문을 열어주고
넓은 응접실로 안내했다. 그는 브리지 놀이용 탁자로 보이는 조
그마한 탁자에 가깝게 놓인 가죽 소파에 자리를 잡고 앉았다.
'뷔뵈르 드 스페름'[35] 클럽의 시종들이 그의 곁으로 모여들어 시
중을 들었다. 메두사호가 난파당한 연도[36]에 생산된, 엄선된 명
품인 세네갈인의 정액을 고른 뒤, 코르세르 상글로는 담배에 불
을 붙였다.

'뷔뵈르 드 스페름' 클럽은 거대한 조직이었다. 클럽에 고용
된 여자들은 세상에서 가장 잘생긴 남자들에게 수음을 해준다.
특별조로 편성된 이들은 여성의 애액을 모으는 데 온 힘을 쏟
고 있다. 클럽의 동호인들은 여러 차례의 경탄스러운 경쟁이 끝
나고 나면, 자연의 물그릇 안에 고여 있는 특별한 혼합물을 아
주 공평하게 음미한다. 채취가 끝난 액체는 매번 크리스털, 유리

---

35 '정액을 마시는 이들'이라는 뜻이다.

36 메두사호는 테오도르 제리코Théodore Géricault의 그림 〈메두사호의 뗏목〉으로 유명한 프
랑스의 난파선을 가리키며, 1816년에 침몰했다. 메두사méduse는 해파리를 의미한다.

또는 은으로 만들어진 조그마한 병에 담겨, 세심히 명찰이 부착된 뒤에 최대한 조심스럽게 파리로 보내진다. 이 클럽의 요원들로 말할 것 같으면 헌신에 있어서 불굴의 경지에 다다른 자들이다. 그들 중 일부는 심지어 매우 위험한 업무를 수행하는 중 사망했으나, 그런 일이 있었는데도 그들 모두 매우 열정적으로 제일을 수행한다. 게다가 그들은 서로 앞다투어 천재적인 발상들을 떠올리는 것이었다. 누구는 프랑스의 단두대 또는 영국의 교수대에서 처형된 죄인들의 정액을 수집한다. 극한의 고통을 감수하며 그들이 정액을 뿜어낼 때마다, 그로부터 수련의 향 내지는 호두 향이 풍긴다. 다른 누구는 젊은 여자들을 죽여서 그 애인들이 흘린 정액으로 빈병을 채우는데, 그녀들의 애인은 바로 그 살인자의 입을 통해 자기 연인에 관한 끔찍한 소식을 전해 듣게 되었을 때 고통스러운 경악의 감정에 짓눌려 그만 제 정액을 흘려버린 것이었다. 또 다른 누군가는 영국의 기숙학교에 잠입하여 어린 여학생이 느낀 흥분의 증거를 수집한다. 그녀는 기숙학교 여선생들이 알아채지 못하는 사이에 어느덧 사춘기에 접어들었는데, 사소한 잘못을 저지른 데 대한 벌로 그녀가 치마를 들추어 올리고 속바지를 내린 상태에서 동급생들이 지켜보는 가운데, 그리고 아마도 어떤 남학생, 운명에 의해, 사랑의 기쁨을 주관하는 신에 의해 그곳으로 이끌려 온 어느 남학생이 지켜보는 가운데 손바닥이나 회초리로 엉덩이를 두드려 맞게 되었을 때, 그녀는 흥분을 느꼈던 것이다. 이 클럽의 발기인들인 마지막

세대의 오컬티스트들은 왕정복고가 시작되던 시기에 첫 집회를 가졌다. 그리고 이후 아버지에서 아들로, 클럽은 사랑과 자유라는 이중의 가호 아래 대대손손 이어져온 것이었다. 오래전 어느 시인은, 클럽이 기원전 끝 무렵에 창설되지 않았다는 사실을 탄식한 바 있다. 만약 그랬더라면 클럽 회원들은 그리스도의 정액과 유다의 정액을 수집할 수도 있었을 테고, 시대가 흘러감에 따라 영국왕 찰스 스튜어트의 정액, 라바이약[37]의 정액 그리고 드라 발리에르de la Valière 공작 부인이 처녀 시절에 사륜마차를 끌던 말들이 선보인 관능적인 속보 탓에 샤이요 언덕길에서 흘렸을 육체적인 눈물, 그리고 테루아뉴 드 메리쿠르가 쾌양 클럽의 테라스 위에서 흘렸을 육체적인 눈물 그리고 프랑스혁명의 핏빛 세월 동안 혁명의 거리 위로 넘쳐흘렀을 저 멋진 정액, 그 정액에 섞여 들어갔을 피만큼이나 확실하게 흘러내렸을 정액을 수집할 수도 있었으리라는 것이다. 또 다른 이는 항상 저 지고의 음료, 어느 클래런스[38] 공작 하나가 그 안에 빠져 익사했다는 '말부아지malvoisie' 포도주였음이 분명한, 신적인 음료의 실전失傳을 아쉬워했다.

이 클럽의 회원들은 바다를 좋아한다. 바다에서 풍겨 오는 미

---

37   프랑수아 라바이약François Ravaillac(1577~1610)은 신교도와 구교도의 화합을 주도한 프랑스 국왕 앙리 4세를 단도로 암살한 가톨릭 광신자다.

38   클래런스 공작은 전통적으로 영국 왕가의 젊은 남성들에게 붙여지는 칭호다. 여기서는 에드워드 4세에 대한 반역 혐의로 처형된 조지 플랜태저넷George Plantagenet을 가리키는데, 전설에 따르면 그는 자신의 소원에 따라 고급 포도주통에 빠져 익사했다.

세한 인(燐)의 내음이 그들을 도취시킨다. 그들은 모래사장에 널린 쓰레기 가운데서, 난파선들의 잔해와 생선뼈들과 수몰된 도시들이 남긴 유적 가운데서, 사랑의 공기를 되찾으며 헐떡임을, 그러니까 헐떡거림이 들려오는 바로 그때에 우리의 귀에 상상 세계의 실재를 증언하는, 저 헐떡임을 되찾는 것이다. 말라가는 해조류에서 나는 독특한 바스락거리는 소리와, 환상적인 최음제처럼 작용하는 저 바다의 용연향 같은 해조류로부터 뿜어져 나오는 냄새와, 수영하는 여자들이 마침내 제 허리에 손을 얹고 수영복을 몸에 꼭 맞게 달라붙게 하는 바로 그때, 그녀들의 성기며 엉덩이 주변에서 부서지는 흰 파도의 찰랑거림과 난잡하게 섞인 헐떡임을. 코르세르 상글로는 얼마나 예전부터 정액을 마시고 있던가? 밤이 내려왔다! 첫 별이 보일 때 그의 발치에는 수없이 많은 깨진 유리병들이 널려 있었다. 그것들은 세네갈인의 정액이 담긴 흰 유리병부터 에스키모인의 정액이 담긴 노란 유리병에 이르기까지 다양했는데, 그중 에스키모인들의 정액은 에스키모들이 오직 극지방에서 여섯 달 동안 지속되는 어둠 속에서만 사랑을 나눌 수 있다는 사실에 영향을 받아 낮 동안의 햇빛에 닿으면 변질되었다.

구원의 땅에 이르기 전에, 태양 아래에서 태양빛에 굴복하게 되었을, 재앙으로부터 유일하게 살아남은, 어느 아름다운 수영하는 여인을 활짝 펼친 환상을 통해 돌연히 보호하게 되는 작은 양산과 마찬가지로, 코르세르의 맞은편에 보이는 건물 위로 우뚝 선 베베 카돔은 마시는 자의 시선을 돌연히 사로잡았다.

옆에 앉은 사람이 그에게 말을 건다.

"상상해보시오, 선생. 어느 젊은 처녀가 자기도 다 벗고 놀라울 만큼 점잔빼고 있는 전라의 남녀들 앞에 서 있는데, 순다 열도 출신의 잘생긴 원주민 남성이 그녀의 사타구니 아래에 샴페인 한 잔을 받쳐 든 채로 그녀의 가장 비밀스러운 부위를 애무하기 시작한다면, 당혹감에 의해 그녀가 어느 정도로 혼비백산한 모습이 될 것인지 상상해보시오. 그녀의 당혹감이 그 술에 독특한 향취를, 해안 소나무의 향취를 부여한 것이라오."

또 다른 회원이 말한다.

"저로 말할 것 같으면, 저는 여성 정자보다는 남성 정자를 더 좋아합니다."

이하는 정액의 영향 아래 이루어진 어느 흥미로운 대화 한 토막이다.

"스페를Sperle[39]이란 여인 말씀인가요?"

"그보다는 신발 바닥스멜, semelle."

"신발 바닥이요, 한 주스멘, Semaine요? 시간과 공간, 그 둘의 관계란 다만 증오엔, haine와 날개엘, ailes 사이의 관계랍니다."

"참소리쟁이는 사실 명품 요리고, 왕의 요리죠."

"한 달, 소모됨."

"한 단어 한 단어씩, 한 권 한 권씩, 한 덩이 한 덩이씩, 삶이란

---

[39] 정액sperme과 진주perle의 언어유희로 보인다.

그렇게 흐릅니다."

"그리고 마침내 여기서 시계가 울립니다."

"누이가 그것을 자로 잽니다."

"누구의 누이쇠르, sœur입니까?"

코르세르 상글로가 물었다.

"자신이 무엇을 바라고 있는지 아는 마음쾨르, cœur입니다, 장식,
그 침대."

"통속적 지성의 불길."

"지금 바람 불고 폭풍우 이는 복도 안으로 장관 한 분이 휩쓸
려 들어갑니다. 그의 레종 도뇌르 훈장이 잠시 한 마리 제비처럼
솟구쳤다가는 바로 떨어집니다. 두 번째, 세 번째 장관들이 그를
뒤따릅니다. 그렇게나 많은 붉은 물고기들이 수조 안에 갇혀 무
당벌레 한 마리를 유혹하고 있습니다. 그 모습에서 흥미로운 비
극이 탄생하는데, 그 비극이란 서로 사랑하도록 만들어져서는
유리 격벽에 의해 나뉘어 서로 반대 방향으로 돌아서게 되는, 저
짐승들의 절망을 말하지요."

누군가 다가와 이렇게 말한다.

"상상해보시오, 여러분. 어느 튼튼하고 사납고 오만한 여자를,
체구도 제법 크고 남녀 관계에 거의 불능이 되어버린 그런 여자
를, 어느 젊은이가 조심스럽게 품는다고 할 때, 옷도 다 벗기지
않고 뒷구멍으로 사랑을 준다 할 때, 그녀가 얼마나 흥분할 것
인지를 상상해보시오. 치마와 속치마를 허리와 엉덩이 사이에

넣어 쿠션으로 삼습니다. 무릎까지 내린 남자의 바지가, 주름진 실크 스타킹들이 일종의 사랑스러운 무질서를 자아냅니다. 그 앞으로 옷은 거의 정상적으로 떨어집니다. 그들의 몸이 다시금 일으켜지기 시작하는 곳으로부터 우리는 새하얀 살결을 다소간 구분해내며, 구겨진 내의들 너머로는 엉덩이의 윤곽을 상상하는 것입니다. 상대 젊은이는 윤활유로 그녀의 굳은 살결을 매끄럽게 매만진 뒤에 그녀의 엉덩이를 벌립니다. 그는 천천히, 부드럽게, 규칙적으로, 그녀를 꿰뚫습니다. 새로운 흥분이 받아들이는 여인을 뒤흔들고, 쾌락을 표시하는 약간의 물이 우러나기 시작합니다. 은수저 하나를 들고, 조그마한 소녀 하나가 섬세한 손길로 저기 신성한 눈물들을 모아 적색 도자기 병 안에 담습니다. 그러고서 소녀는 제 조그마한 체구의 이점을 살려, 서로 얽힌 남녀의 다리 밑으로 쏙 들어가서는, 그 들썩이는 다리 주변으로 거품 져 흐르는 정액을 단 한 방울도 놓치지 않고 쓸어담는 것입니다. 사랑, 그 화려한 탱고가 교성과 오열의 폭풍으로 변할 때, 소녀는 그 가장자리 끝에서 눈송이를, 미지근하고 냄새나는 눈송이를 채취합니다. 여자의 구멍이 너무도 깨끗한 경우에는 소녀가 제 입을 맞추지요, 아주 작고 붉은, 빨판 같은 입술을 말입니다. 그녀는 오래도록 거길 빨아들인 뒤, 입안 깊숙한 곳에서 그것을 제 침과 섞고, 그러면 또다시 소녀의 도자기 병이 그 혼합물을 받아냅니다. 그리고 마무리로는 무릎을 꿇고 있는 저 여인이 소녀로 하여금 그녀의 눈물을, 수치심과, 분노와, 기쁨과,

피로에 젖은 제 눈물을 채취하게끔 놔두는 것입니다."

"이렇게 우리들은 저 환상의 열매grappe[40]가 쥐어짜이길 원한 것입니다. 어떠한 우상숭배도 우리의 열정에 개입하지 않습니다. 서둘러 비웃어보시죠, 종교적인 우상화여, 그대들 멍청한 프리메이슨이여. 잠시 동안이나마 우리의 상상력은 이 향연에서 영원한 눈송이들보다도 우리 스스로가 더욱 높게 고양되어야 할 이유를 발견합니다. 하나 경이로운 맛이 우리의 미각을 파고들자마자, 우리의 감각이 감동을 얻자마자, 폭군과도 같은 어떤 이미지가 사랑에 의한 상승의 이미지를 대체하고 맙니다. 그것은 끝나지 않는 단조로운 길의 이미지이고, 그것이 내뿜은 안개 속에서 도시의 모습이 희미해져가는 거대한 담배의 이미지이며, 서로 다른 20종의 담배를 내밀고 있는 스무개 손의 이미지고, 살찌고 기름진 어느 입술의 이미지입니다."

그리고 코르세르 상글로는 이렇게 외쳤다.

"나는 언어가 가진 최고의 신비에 대해 생각한다. 〈데키우쿠타주의 노래Chanson du dékioukoutage〉 가사에 등장하며 '엉덩이'를 의미하는 '아프나프hafnaf'라는 단어는, 문자 그대로 50 대 50을 의미하는 '하프 앤드 하프half and half'라는 영어 표현에서 온 것이다. '현재présent'라는 단어의 최상급은 '회장président'이다. 존재하는 자, 그것도 다른 이들 위에 존재하는 자라는 의미인 '회장' 말

---

40 포도송이나 꽃송이 따위를 일컫는 단어인 'grappe'는 비유적으로 남성기를 의미하기도 한다.

이다. '우스꽝스러운ridicule'이란 단어는 '항문을-주름지게 함ride-cul'의 변형이며, 이러한 변형은, 사람이 웃을 때 입을 벌리는 것에서 그 유래를 쉽게 설명할 수 있는 것이다. 이때 입을 벌려서 피부를 수축시키는 것은 항문과 반대 방향으로 난 구멍에 자글자글한 주름이 지는 것으로 표현되니 말이다. 그러니 우스꽝스러운 것이 웃음을 유발하는 것은 논리적으로 당연한 일이다."

이 이야기가 '뷔뵈르 드 스페름' 클럽 회원들의 정신에 깃들어 있던 적막을 일깨웠다. 베베 카돔은 코르세르의 맞은편 건물 지붕 위에서 길게 기침했다. 바로 이때, 네 개의 그림자들이 보도 위에 나체로 누워 있는 저 여인의 시체까지 미끄러지듯 다가와, 그 시신을 들쳐 업고 사라졌다. 같은 시간, 가구들이 들어찬 어느 호텔 방에서는 클럽의 대리인들인 두 여자가 리볼버 권총의 위협 아래 얼빠진 모습의 두 젊은 남자들에게 정성스럽게 수음을 해주고 있었고, 그들로부터 사랑이 태어났다.

어느 갈색 머리의 몽상가가 정액을 마시는 이들이 그 안에 만족스럽게 머물고 있던, 존중받을 만한 고요함을 깼다.

"사람들이 사랑의 형상을 각자 어떻게 파악하든 간에, 나는 그것을 종교적인 번민과 공포의 감정에서 분리시키기를 거부합니다. 내가 16세의 타이피스트였던 마리를 알게 되었을 때, 내 귓가에는 언제나 자줏빛 거대한 날개들이 활개 치는 소리가 들리고 있었지요. 수많은 우발적 사태에도 불구하고, 언제나 새로운 오솔길, 그리고 빛나는 오솔길이 고양되고 모습이 변한 제 얼굴을 무한히 비추지 않았던 시간이란 잠시도 없었습니다. 어느 날 그녀의 사장이, 추하고 오만하고 수염이 덥수룩한 사장이 제 가게에서 그녀를 큰 목소리로 불렀을 때, 나는 복도 한편에서 그녀를 끌어안았습니다. 사장의 가게는 그의 고집스러운 조심성으로 탐욕스럽고 인색한 3대에 걸쳐 쌓인 100년치의 먼지 덩이들을 보존하고 있는 곳이었습니다. 그 속에 살고 있던 시詩의 마력이 내 얼굴을 아름답게 만들었던 걸까요? 내가 내 못생긴 얼굴에 추호도 기대한 바가 없었는데도, 상냥하고 수줍은 금발의 마리는 얼굴을 붉히며 내 입맞춤을 받아들였습니다. 그렇게 같은 일들이 몇 주에 걸쳐 여러 차례 반복되었습니다. 내가 두 더미의 쌓여 있는 회계보고서 사이에서 그녀의 무릎에 파묻혀, 몇몇 소설의 등장인물들이 그러하듯 우스꽝스럽지만 감동적인, 열정에 찬 선언들을 그녀에게 퍼붓기 위해서는 아주 잠깐만의 시간을 내어도 충분했습니다. 하나 내 영혼은 그러한 유희에는 조금도 뛰어들지 않았습니다. 마리가 첫 번째 사랑의 모험에서 오는 취기에 몸을 내맡기고 있을 때, 나를 사로잡은 것은 사랑의 괴로움에 대한 걱정이었습니다. 나는 내 속에서 종교적으로, 질문하는 듯한 목소리를 듣게 되었습니다. 그 목소리는 나를 수많은 형이상학적 문제 앞에 서게 만들었고, 내 불면의 밤을 끔찍한 걱정거리들로 가득 채워놓는 것이었습니다. 그리고 그런 걱정거리들은, 나와는 반대되는 사람들을 움직이는 주된 추동력인 감성과는 아무 상관도 없는 것들이었습니다. 잔디가 완만한 경사면을 따라 절벽을 향해 굴러갔습니다. 매일 나는 그 멍청하고 비생산적인 짓거리를 되풀이하지 않을 것을 결심했습니다. 매일 아침 제 아이 같은 얼굴이, 맑은 눈빛이, 그러한 환멸을 나타내고 있었습니다, 늦은 시간에도 불구하고 제가 두 천국 사이에 사로잡혀, 그러니까 그녀가 제게 가진 사랑과 그런 그녀에게 고통을 안기는 것에 따른 고귀한 감정 사이에 사로잡혀, 또다시 그 소녀의 무릎 아래로 달려가 행하는 평소의 감정 표현 중 어떤 것도 하지 않았을 때 말입니다. 어느 여름날 정오 무렵에 내가 창문을 통해 햇살이 어느 대형 정부청사 건물을 반짝이는 것을 보았을 때, 그리고 내가 그녀의 무릎 아래에서 흥분하며 그녀가 꿈을 꾸고 있었을 때, 내 손은 그녀의 치맛자락을 들어 올렸습니다. 나는 그 정숙한 소녀의 속바지를 보았습니다. 그 속바지는 트임이 있는 것이었고, 겨우 덮여 있는 약간의 맨살이 드러나 보였습니다. 그녀의 얼굴은 어떤 분노도 나타내지 않았습니다만, 기적을 앞에 둔 자처럼 경악하고 있었습니다. 예상치 못한 힘으로 그녀는 치마를 추슬렀고, 저는 양손 가득히 그녀의 엉덩이를 속바지 너머로 움켜쥐는 수밖에 없었습니다. 그녀는 전율과 함께 몸을 빼냈습니다.

삼색으로 된 복식부기 장부 위로 달팽이들이 기어가던 그 집에서 내가 떠나기까지, 나는 그 뒤로 그녀에게 어떠한 행위도 하지 않았습니다.

나는 고통스러운 상황에 종지부로 찍은 이 돌연한 결별을 자축했습니다. 나는 진실로, 그녀를 특수하게 사랑했던 것이 아니었습니다, 나는 그녀를 일반적으로 사랑했습니다. 그녀에 대한 나의 부드러운 감정은 무척 컸고, 그녀의 고통에 대한 생각은 상상하기도 어려운 괴로움을 내게 주었습니다.

그로부터 몇 달이 지난 후에, 나는 그녀와 재회했습니다. 그녀가 나를 알아차리기 훨씬 전부터 나는 그녀가 다가오는 것을 보았습니다. 나는 몸을 숨겨야겠다고 생각했으나, 거역할 수 없는 어떤 힘이 나를 붙잡았습니다. 서로 몇 미터 떨어진 위치에서 우리의 시선이 교차했습니다. 그 잊을 수 없는 몽상가의 얼굴이 빛났습니다. 천사 같은 놀람, 깊은 기쁨이 그녀의 살갗 위로 떠올랐습니다. 그녀는 내게로 다가왔고, 우리는 아무 말도 없이 빛나는 간판들로 가득 찬 발코니들이 늘어선 울적한 길을 따라 센 강변 쪽으로 내려갔습니다. 노트르담 성당과 멀지 않은 아르슈베셰 공원[41]에 이르러, 우리는 멈춰 섰습니다. 그녀는 내 침묵이 그녀에게 들려준 불충분한 변명을 들었고, 또다시 나는 그녀의 눈빛이 보내는 간청에 복종하여 그녀를 안았습니다.

나는 저 조용한 공원에서 오후 1시경마다, 결정적인 사라짐에 대한 내 의향을 결코 실현시키지 못한 채로 여러 번 그녀를 다시 보았습니다. 나는 언제나 그녀에게 이끌려 오는 것이었습니다. 때로는 8일에서 10일 정도 그녀를 찾지 않기도 했습니다. 그녀는 참을성 있게도 매일 같은 시간에, 비가 오나 볕이 드나 그

---

41   파리 4구에 위치한 작은 공원으로, 현재는 요한 23세 공원으로 개칭되었다.

장소로 찾아와 내가 돌아오길 기다리는 것이었습니다. 실제로 그런 일이 일어났습니다. 거짓말을 입술에 담고 그녀 입술에는 입맞춤을 퍼부으며, 나는 거기로 돌아갔던 것입니다…….

하루는 그녀를 만나기 전에 나는 외투 아래 바지의 단추를 끌러두었습니다. 우리의 입맞춤은 내게 섬세한 불안의 감정을 주었습니다.

- 마리, 나를 봐다오.

그녀에게 내가 말했습니다.

그녀는 내 뜻에 따랐습니다. 공원에는 우리 둘뿐이었습니다.

- 내 외투는 잠겨 있어. 그런데 그 아래에는 무엇인가가 있지. 내 외투 단추를 끌러다오.

- 싫어요. 왜 그래야 하죠?

- 내가 널 다시는 안 볼 수도 있다는 것을 유념해다오.

그녀의 눈에 눈물이 맺혔습니다.

- 끌러다오.

- 싫어요. 제발 그러지 마세요.

그녀가 말했습니다.

- 소녀야, 무엇을 두려워하느냐? 어차피 언젠가는 너도…….

그녀는 아직도 망설이고 있었습니다. 망설이다가는 결심을 내리고, 결심을 내리고서도 시선을 아래로 푹 내리깐 뒤에 외투 단추 세 개를 끌렀습니다.

- 잘 보거라, 마리야.

그러나 그녀는 고집스럽게 시선을 땅에 붙박고 있었습니다.

- 보거라.

앳된 미소가 그녀의 입가에 떠돌았습니다. 그녀는 재빨리 나를 바라보았습니다.

나는 계속해서, 몇 차례나 반복해서 고집스럽게 나를 볼 것을 요구했고, 그러면 매번, 그녀를 더욱 매력적으로 만드는 붉은빛을 얼굴에 띤 채로 그녀는 내 그것에 재빠른 시선을 던졌습니다.

그러한 욕망이 매일 나를 사로잡았습니다. 나는 차차 내 바지 앞섶을 끄르고 팔딱팔딱 뛰는 내 살을 드러내놓도록 그녀를 이끌었습니다.

우리는 그때 생쥘리앵르포브르 성당에서 단테의 유적[42]을 방문한다는 핑계로 만났습니다. 그리고 거기, 드 몽티용[43] 씨의 동상 앞에서 그녀는 내게 입을 맞추며 날 끌어안았고, 작은 손으로 나를 꼭 끌어안았습니다. 그녀 앞에서 나는 자위했습니다. 나는 그 미친 손놀림을 마무리 지을 수 있도록 그녀에게 그것을 강요했습니다. 그녀의 커다란 눈동자와 금발이, 그리고 아이와 같은 옷차림이 나를 자극했습니다. 그녀는 내 지시를 따랐습니다. 후회스럽게, 슬픔과 함께, 그러나 또한 나를 만족시킨다는 기쁨과 함께 말입니다. 나는 그녀에게 내 신체의 모든 비밀스러

---

42 단테 알리기에리가 프랑스에 체류하던 시절 자주 방문했던 성당이 생쥘리앵르포브르 성당이다.

43 장바티스트 드 몽티용Jean-Baptiste de Montyon은 18세기 프랑스의 경제 이론가이자 자선가다.

운 부분을 더듬게 했습니다. 나는 결코 그녀의 속바지와 스타킹 밴드 사이 경계보다 위쪽으로 내 입술을 가져가 맞출 수 없었습니다. 그 소녀의 속바지, 이미 묘사했던 것처럼 자수가 놓여 있고 가장자리가 접어 감쳐져 있으며 장식용 레이스가 조잡한 솜씨로 꿰매어진 속바지 말입니다.

마침내, 그녀가 내게 그 어떤 것도 보답으로 내어주지 않으면서 문자 그대로 나를 소유하게 되었을 때(그러나 어쨌든 내가 그녀를 번민의 이불 위에서 갖는 최종적인 만남으로까지 유도할 수도 있었겠지만 말이죠), 나는 그 가슴 아픈 만남에서 물러났습니다. 그녀는 내가 다시금 일에 사로잡히게 된 작업실로 여러 차례 전화를 걸었습니다. 나는 내 친구에게 내가 아주 먼 곳으로, 내 상상 속에 처음으로 떠오른 국가인 폴란드로 여행을 떠났다고 답하게 했습니다.

나는 수화기를 통해 그녀의 떨리는 목소리, 조그마한 환멸의 목소리를 들었습니다.

그녀는 지금도, 잠이 들 시간이면, 추억의 자갈길 위로 종종 나를 만나러 옵니다."

참석자들은 수다스러워졌다. 또 다른 한 사람이 자기 이야기를 들려주었다.

"경탄스러운 뤼시! 그녀는 상갓집의 패션모델이었습니다. 그녀는 매일같이 눈물 젖은 과부들 앞에서, 눈물조차 메마른 어머니들 앞에서, 고아가 된 넋 빠진 자식들 앞에서, 여러 벌의 검은 의상을 입어 보였지요. 상장을 단 가슴받이 아래로, 또는 대담해 보이기까지 한 블라우스 속에서 자유로이 약동하는 그녀의 젖빛 가슴은 세상일에 진저리 난 그녀의 연인에게 욕망을 불러일으켰으며, 그러면 그는 다가와 사랑에게, 법칙에서 벗어나게 해주는 아편을 요구하는 것이었습니다. 그녀를 가리고 있는 장례식장의 검은 베일은 그녀의 살을 음울한 방식으로, 그러나 또한 에로틱한 방식으로 검은 격자 그늘 아래 드러내고 있었습니다. 그녀의 옷차림은 때로는 목까지 잠근 근엄한 상의에, 긴 소매에, 얼굴을 통째로 가리는 베일 차림이었고, 때로는 V자형으로 넓게 패여 목덜미와 가슴 언저리를 노출하는 블라우스에, 짧고 비치는 소매에, 실크 스타킹 차림이었습니다. 그녀의 유혹적인 모습을 단 한 번 본 것만으로도 몇몇 여인들은 이제는 과거에 의해 살아가듯 하는 것을 단념해야겠다는 듯, 모든 것을 털어낸 극적인 존재를, 안개로 짜인 듯한 삶을, 핏빛 입맞춤들이 찍힌 삶을, 수도원에서의 그것처럼 배타적이고 황홀한 사랑을 꿈꾸게 되는 것이었습니다. 어린 소녀들은 그녀를 '엄마'라고 불렀다는 것 같습니다, 그 말마디 안에 결코 자식을 둔 적이 없는 '다정함'을 요약하며 말입니다. 뤼시는 그녀를 고용한 의상 가게를 벗어나서는 언제나 푸른색 옷을 입고 있었습니다. 푸른 옷에 대한 그녀의 집념은 운명의 집념, 그녀에게 검은 상복을 입히려는 그 집념과 비등한 것이었습니다.

나는 마들렌 광장 인근에 위치한 그녀의 가게 창문 너머로 그녀를 보았습니다. 창문에 입김을 불어 그 위로 우리가 만날 장소와 시간을 손가락으로 적어 넣었는데, 그것은 나를 저녁 시간까지도 극도로 흥분시켰지요. 한 마리 거대한 나비, 푸르고 창백한 나비가 내 곁으로 다가왔을 때의 경악감은 엄청난 것이었습니다. 그 뒤로도 오래도록 나비의 날개가 떨어트린 분진은 내 상의 안감에 남아 있었습니다.

여기까지가 뤼시 이야기의 전부입니다. 여기에 한 가지 더, 오베르뉴 지방의 어느 급류에서 발견된, 목 없는 전라의 여자 사체에 관한 오려낸 신문 기사를 더하면 말입니다."

클럽의 회원들이 모여 있던 살롱으로 복수의 빛과 그림자가 밀려왔다. 안락의자의 그림자들, 마시는 이들의 그림자들, 하늘로 낸 창틀이 드리우는 그림자들, 그리고 정액을 마시는 이들은, 이러한 각각의 그림자 안에 자신에게 가장 소중한 사랑이 머무를 둥지를 틀었던 것이다, 날개를 펄럭이며, 또한 이날 밤 그들이 해방될 때까지 그들의 날개를 적셔주었던 출렁이는 피에 다시금 전율을 느끼며, 잠시나마 밤의 나비들 사이로 도망 오기 위해서 말이다.

이 사람 저 사람이 꼬리를 물어가며, 정액을 마시는 이들이 이야기들을 풀어냈다.

"로제의 눈, 로제의 입술, 그의 손, 무엇보다도 그 손들, 길쭉하고 창백한, 로제의 두 손, 오늘 밤 내가 매달리려는 기억은 이렇듯 사랑스럽기 그지없던 한 인물의 단편입니다. 오늘 밤뿐만 아니라 다른 저녁나절에도 그러했듯, 나는 죽은 그 사람을 생각할 때면 그의 모습이 너무도 정확하게 떠오른 나머지, 눈물이 내 입가까지 떨어지고 눈물 없이도 두 눈이 부예집니다.

아침이면 잔인한 햇빛이 우리가 함께 결합되어 있던 침상을 비추며, 제 소맷부리가 우리의 얼굴 위로 훑고 지나가던 그때처럼 아침에 부은 눈으로 그를 바라보던 그대로, 나는 로제의 모습을 떠올립니다. 그의 매끄러운 근육이며 흠잡을 데 없는 얼굴, 규칙적인 숨소리, 강해 보이면서도 날렵한 움직임을 자랑하던 가슴 근육, 이 모든 것들이 서로 경쟁하여 그에게 완벽한 남성의 모습을, 수컷의 신체를 부여하고 있었습니다. 나 역시도 비록 지금은 늙었으나 여전히 어느 정도의 활력을 간직하고 있으며, 지금도 여러분에게 내 몸이 예전에 강건하고 날렵했으며 비만이지도 않고 그렇다고 허약하지도 않던 내 균형 잡힌 체구가 나를 우리 인종 중에서도 제법 아름다운 견본으로 만들어놓았다고 말할 때, 내 말을 별 어려움 없이 믿을 수 있을 겁니다. 그러니 우리는 밤마다 휴전 없이 얽혀 투쟁하는 두 마리 수컷이었다고 할 수 있습니다, 공수를 교대해가며 서로에게 굴복하는 두 마리 수컷 말입니다. 우리의 남색은 대단히 순수한 것이었으며, 그나저나 우리에게 결여되어 있던 여자들에 대해 오직 경멸만을, 아니 차라리 경멸적인 무시만을 표할 뿐이었습니다. 우리는 우리의 길에서 여성적인 감성과 여과지 같은 두뇌를 치워버린 것이었습니다. 우리는 온 힘을 다해 그들의 정원으로부터, 붓꽃이 심긴 정원으로부터, 그리고 마치 허드렛일하는 하녀들에게 싸구려 향수가 그러하듯, 그녀들에게 고유한 것인, 유치하고 바보 같은 저 모든 감수성으로부터 멀어져간 것입니다. 그녀들의 측량할 길 없는 어리석음은 우리를 미소 짓게 했으며, 우리가 평소에 개인의 자유라는 이름 아래, 그리고 사랑에 있어서는 모든 것이 합법적이라는 원리 아래, 일반 대중들이 취하고 있던 저 유명한 '상식'이란 것에 맞서 여성들을 보호했다면, 그것은 우리가 같은 원리 아래 배제와 맞서 싸웠기 때문입니다, 일반 대중들 중 몇몇이, 일부는 무기력함 또는 가련할 정도로 빈약한 체격 탓에, 또 다른 일부는 그저 멍청한 탓에 여성들에게 가하던 배제 말입니다. 로제와 나는 결국 전투로 귀결되는 다툼 끝에 찾아오는 끌어안음에 중독되었습니다. 그것은 서로를 결코 정복할 수 없다는 사실을 깨달은 우리가, 그로 인해 화해한 우리가, 서로의 정신이, 다시 한 번 서로 상반됨에도 불구하고 어쨌든 같은 평면 위에 위치하고 있으며, 그러니 서로 타락함이 없이 맞서 나갈 수 있다는 것을 확인했을 때, 사랑스러운 어떤 것이 된 포옹이었습니다.

우리의 결합은 그 뒤로 몇 년간이나 지속될 것이었고, 그 기간은 우리의 마음과 영혼이 마치 정교하게 날이 선 두 칼날처럼 서로를 벼려가며 부딪치는 시간이었습니다.

우리의 사랑은 결코 플라토닉하지 않았습니다. 나의 두 팔은 그의 엉덩이 곡선을 정확하게 되짚어낼 수 있으며, 내 입술은 아직도 그의 입술의 형상을 다시금 취할 수 있습니다. 그 또한 죽지 않았더라면, 나와 마찬가지로 정확한 추억을 간직하고 있었으리라 생각합니다. 내가 그 이후로 여자들, 그중 어떤 여자들은 참으로 경탄할 만했던 여자들을 대상으로 마주치거나 겪게 되었던, 아마도 사랑임에 분명했던 감정은 로제와의 사랑과는 전혀 다른 무엇이었습니다. 사랑에 의해, 언제나 사랑의 기저에 깔리게 되는 허무주의, 즉 정복하고자 하는 욕망은 사랑하는 사람이 어떤 무기를 쥐느냐에 따라 형태를 달리하게 됩니다. 로제와 나는 서로 같은 무기를 쥐었습니다만, 여자들과의 관계에 있어서는 이야기가 전혀 달라집니다. 그만큼이나 그녀들에게 있어서는, 또 다른 본성을 정복하는 것이 문제가 됩니다. 로제와 나는 우리가 사랑을 나누던 시간 동안, 어느 이상적인 거울 안에서 우리 자신의 이미지와 맞부딪히는 듯한 느낌을 받았습니다. 우리의 모든 행동들, 우리의 모든 사유들이 그와 꼭 같고, 피할 수 없는 또 다른 행동과 사유에 의해 무력화되는 것을 느꼈기 때문입니다.

그리고 운명이, 이 경우에는 어느 질병이 되겠지요, 운명이 그를 앗아 갔다고 사람들이 이야기하는 것을 들었습니다. 이후로 저는 그의 소식을 더는 듣지 못했습니다."

그러는 동안, 비늘 갈이를 마친 사이렌은 관리인실의 앙리 2세풍 가구 앞에서 졸고 있었다.

혹시 당신은 사이렌들과 만난 적이 있는가?

그런 적이 없다면, 나는 당신을 불쌍히 여기는 바다. 나로 말할 것 같으면 새벽마다 사이렌이 아직 그림자의 물결에 잠겼던 몸이 마르지 않아 대단히 축축한 채로 침상 곁에 다가오지 않는 날이 없다. 하나 어쨌든 우리 이야기 속의 사이렌은 자기 자리에서 졸고 있었다. 간간이 초인종이 울릴 때면, 그녀는 문을 열어 주기 위한 끈을 잡아당겼다. 다소 빠른 발자국 소리가 누군가의 통행을 알렸고, 그러면 계단에서 꿈을 자아내는 소리가, 승강기 소리와 문 닫히는 소리가 울렸다.

우리 주인공들이 움직이고 있는 배경은 어느 현대풍 저택으로 이루어져 있다는 것을 잊지 말자. 그 건물 1층에서는 새하얀 사이렌 하나가 핏빛 모험들을 준비하고 있고, 그 건물 4층의 대담한 남자들은 사랑을 위해 엄청난 위험을 감수할 준비가 되어 있다.

이 건물 맞은편의 보도 위에는 커다란 피 웅덩이가 고여 있고, 그로부터 피가 찍힌 발자국들이 시작된다. 건물 꼭대기에는 베베 카돔이 있다. 그리고 이 모든 것들에 더해 루이즈 람의 존재를 기억하자. 루이즈 람은 석면 장갑을 낀 운명에 의해 인도되어, 서서히 우리 비극의 무대가 될 준비를 하고 있는 거리에 다다른다. 사이렌은 바로 이때 집 밖으로 나오고, 그러자 저 두 피조물 사이에서 곧바로 투쟁이 시작된다.

확실히, 물의 부재가 신화에서 뛰쳐나온 사이렌을 곤란하게 한다. 그러나 루이즈 람을 마비시키는 놀라움의 감정 그리고 밤이 저 둘의 승부를 대등하게 만든다.

그녀들은 함께 보도 위를 굴러가며, 포석에 부딪혀 뽑혀 나가는 비늘의 금속성 소음과 부딪히는 육체의 무른 소음을 낸다. 가로등은 관례적으로 그 전투를 비추고 있고, 싸움의 무대는 이제 피 웅덩이 위로 옮겨 간다.

코르세르 상글로가 클럽 회원들이 모인 방 창가로 다가와 열이 끓는 이마를 시원한 창가에 기댄다. 꽤나 젊은 남자가 자기 이야기를 풀어놓는 동안, 그는 잠시 창문 너머로 저 놀라운 광경을 주시한다.

"지울 수 없는 사랑의 흔적이여! 너는 남자의 몸에 새로운 냄새를, 동정 때의 냄새와는 절대적으로 다른 냄새를 부여하며, 영혼에는 새로운 불안감을 안겨준다. 미지와의 첫 만남 이후에, 미지가 이전보다도, 우스꽝스러울 정도로 모든 종류의 상처들로부터 깨끗하던 시절보다도 더더욱 알기 힘든 것이 되었다는 사실을 그가 확인하게 될 때 말이다. 단지 며칠에 불과했으나, 나는 마벨의 연인이었습니다. 하지만 그 며칠만으로도 내 삶을 변화시키기에는, 그리고 내 꿈에 하나의 새로운 감각인 후각을 부여하기에는 충분했습니다. 참혹한 밤들이여, 꿈꾸는 밤, 삶의 밤, 너희들은 이제 나의 밤들이라네. 태양이 지평선 너머로 마치 괘종시계의 시계추처럼 사라지게 되자마자, 나는 향수를 담은 병들의 폭군적인 존재를 느낍니다. 그 병들은 서로 가볍게 부딪쳐 가며 내 생각의 선반들 위로 익숙한 제자리들을 찾아갑니다. 나는 그 병들이 담고 있는 향의 이름을 모릅니다. 오직 하나, 지금 이 부분을 쓰고 있는 저자를 이미 사로잡고 있는 '용연향'을 제외하면 말입니다. 그리고 무한을 자아내는 것인 그 용액이 출렁이는 것을 바라보느라, 내 두 눈마저도 그것들의 자연적인 촉촉함과, 모든 눈에 공통적인 값비싼 향수병들과 그것들의 유사성에도 불구하고, 내 두 눈마저 그 위에서 행성이 만남의 약속을 잡는 우주의 대수적 좌표보다 더욱 고정된 것이 되고 맙니다.

더욱 크게 뜨고 보아라, 내 두 눈이여! 7월 어느 날 저녁, 폭우로 습한 날이었습니다. 옷 벗은 마벨은 제 어깨 위로 속이 다 비치는 다채로운 색상의 숄을 던져두고 있었는데, 그것은 그녀의 배꼽 정도밖에 내려오지 않는 길이였지요. 열린 창 너머로, 그리고 가스 제조기들의 야단법석 너머로, 우리는 저 멀리 비구름이 부풀어 오르는 것을, 그리고 그 구름 떼가 덥고 숨 막히는 도시를 위협하는 것을 바라보고 있었습니다. 여름날의 보도 냄새가 올라와 현기증이 날 정도였고, 그때 사랑의 욕망은 더욱 무겁고 더욱 어두운 것이었습니다. 마벨과 나는 끌어안은 채 아무 말도 하지 않고 서로를 바라보았습니다.

나는 일어났습니다. 나는 찬장에서 커다란 용연향 병을 하나 꺼냈고, 한 방울 한 방울씩 그 내용물을 그녀의 몸 위로 떨어뜨리기 시작했습니다. 용연향 방울이 잇따라 떨어져 내렸습니다. 그녀의 유두 위로, 배꼽 위로, 손가락 하나하나 위로, 목덜미 위로, 그리고 그녀의 가장 깊은 곳으로까지 말입니다. 그리고 마침내 긴 의자 위에 누운 그녀의 몸을 배배 꼬이게 하는 관능으로 인해 그녀가 거의 죽을 지경이라는 사실을 알게 되자, 나는 광기에 사로잡혔습니다. 용연향 방울은 계속해서 그녀의 두 눈 위로, 콧구멍 속으로, 입안으로 떨어졌습니다. 얼마 지나지 않아 나는 그녀의 전신에 물을 준 셈이 되었지요.

내가 텅 빈 향수병을 지각했을 때에는 오직 발작적인 호흡만이 그녀가 살아 있음을 알리고 있었습니다. 용연향의 냄새가 방 안을 가득 채우고 있었습니다. 나는 몽상에 취했습니다. 나는 향수병 주둥이를 부수고서, 그 뾰족한 파편들을 차례차례 그녀의 두 눈, 입술, 배, 가슴에 박아 넣었습니다.

그러고 나서 나는 떠났습니다. 피와 사랑과 용연향으로 인해 세 배로 진해진 향내가 온몸에 가득 밴 채 말입니다.

나는 등 뒤로 문을 닫았습니다.

나는 가끔 그 거리를 지나칩니다. 나는 아직도 커튼 하나가 흔들거리고 있는 그 열린 창문을 바라봅니다. 나는 새빨갛게 피가 엉긴 두 눈을 치켜뜨고 있는 마벨을 상상합니다. 그리고 그 장소를 떠납니다.”

사이렌이 다시 몸을 일으키는 것은 이때다. 패배하고 지친 루이즈 람의 몸은 피 웅덩이 위에 널브러져 있다. 주의 깊은 코르세르 상글로는 복수의 때가 왔음을 깨닫는다. 사이렌이 클럽 응접실에 모습을 드러낼 때, 코르세르 상글로는 나갈 준비를 하고 있었다. 그는 그녀의 몸을 팔로 붙잡아 들어 올려 있는 힘껏 창 밖으로, 길가로 던져버린다. 유리창이 산산조각 나고 클럽 안으로는 물이 마구 밀려들어온다. 부글부글 거품이 이는 푸른 물결이 테이블과 안락의자 그리고 클럽 회원들을 뒤엎는다. 코르세르 상글로는 그동안 너무도 평화로워서 꿈이 그곳에서는 현실이 되는 지역으로부터 멀어져간다. 그의 길은 생각의 길이다, 공작의 꼬리로 돋은 고사리다. 그는 그렇게 가스 공장 아래 다다른다. 가스 제조기들은 몇 십억이나 되는 나비들이 날개를 팔랑이는 소리로 가득하다. 그러면서 나비들은 공장의 연료로 던져질 때를 기다리고 있다. 잉크와 압지의 하늘이 그 광경을 짓누른다.

코르세르 상글로여, 너를 내 수중에 넘기는 꺾을 수 없는 운명이 없었다면 너의 기다림은 무척 길었으리라.

그리고 이제, 해면동물을 파는 상인이 다가온다.

코르세르 상글로는 그를 눈빛으로 심문하고, 그는 코르세르에게 자신의 무거운 시詩의 짐이 범상치 않은 생각들을 떠오르게 함을 알린다.

그 풍경은 결코 피에 물든 해저의 풍경이 아니었다, 산호들과, 게걸스러운 물고기들의 투쟁과, 피가 별 구름처럼 수면을 향해 떠오르는, 익사자들의 상처로 새빨간, 그런 풍경이 아니었다. 다음 날에는 여객선을 타고 인근 해역을 지나가던 아름다운 백만장자 여인이, 추후에 널리 알려질 난파로부터 살아남은 여인이 되어 어느 경이로운 양산 덕분에 기적적으로 일사병에 걸리는 것을 피하게 될, 그런 여인이 저 투명하게 물든 바닷속에서 헤엄을 치고 싶다는 욕망을 표현하게 되리라. 사람들은 배의 기관을 멈출 것이다. 터빈 돌아가는 소리가 멎을 것이다. 검은 장갑을 낀 장교들의 간단한 명령이 잠시 울려 퍼질 것이고, 그 뒤로는 침묵이 흐를 것이다. 승객들은 난간에 팔꿈치를 괼 것이다. 그 젊은 백만장자 여인이, 오직 짧게 달라붙는 흰 수영복만 입고 바닷물로 뛰어들 것이다. 그녀는 바닷물에서 소금의 맛이 아니라 인燐의 맛이 느껴진다는 것에 놀라며, 반 시간 동안 수영할 것이다. 그녀가 갑판으로 올라오게 될 때 그녀는 붉을 것이다, 화사하기 이를 데 없는 한 송이 꽃처럼 그녀는 새빨갈 것이며, 그것은 재난과 무관하지 않을 것이다. 유럽의 항구에서 출발할 때부터 그녀와 사랑에 빠진 남자들은 거의 광적으로 열광하게 되리라. 말단 선원, 선장 그리고 기관사들마저도 그러한 광기에 덜 사로잡히지는 않으리라. 그 배는 잠시 멈췄던 여정을 다시금 떠나게 될 것이나, 그때까지는 바다와 하늘이 수평선에서 결합하는 것만을 눈에 새기던 저 모든 이들이, 이제는 그들의 눈앞에 어느 폭군적인 붉은 환영이 춤추는 것만을 보게 되리라. 그 환영은 철길을 따라 설치되어 있는 신호기들의 정지신호처럼 붉고, 흰색 폭발물을 싣고 항해하다가 불에 휩싸인 배처럼 붉고, 포도주처럼 붉으리라. 얼마 지나지 않아, 그 환영은 기관실의 화실火室에서 타오르는 불길에 섞여들 것이고, 뱃고물의 돛 끝에 매달려 펄럭거리는 깃발의 주름에 섞여들 것이며, 바닷새의 비상에, 그리고 튀어오르는 열대어에 섞여들 것이다. 남성기 같은 빙산이 이상하게도 저 더운 바다까지 떠내려올 것이다. 어느 날 밤, 그

빙산은 배가 지나가며 그린 잔물결을 따라잡게 될 것이고, 그 환영은 거울에 비추는 것보다도 더욱 선명하게 제 모습을 그 빙산에 비출 것이다. 빙산과 배의 야만적 포옹이 그 긴 항해에 종지부를 짓게 될 것이다.

아니다. 해면동물들이 가스 제조기로 덮인 그 거리를 나체로 활보하고 있는 해면동물 상인에게 알려준 것은 위와 같은 진부한 이야기가 아니다. 그것은 또한, 어느 날 끌어당기는 그물에서 익숙하지 않은 무게를 느끼게 된, 바다거북을 잡는 어부들에 관한 다음의 이야기도 아니다. 힘겹게 끌어올린 그물에서, 어부들은 팔 잘린 고대 흉상 한 점과 사이렌 하나를 발견했다. 머리부터 허리까지는 물고기요, 허리에서 발까지는 여인의 몸을 한 사이렌이었다. 그날부터 그 작은 어선 위에서의 삶은 버틸 수 없는 것이 되었다. 이제는 그물을 끌어올리면, 오직 통통하게 살이 오르고 윤이 흐르는 불가사리, 최근에 살해당한 튀튀[44] 차림의 여자 무용수들처럼 말랑말랑하고 투명한, 해파리, 말미잘, 신기한 해초만이 올라오는 것이었다. 수조에 차 있던 물은 고운 진주들로 변했고, 쌓아두었던 식량은 알프스의 꽃들로, 에델바이스와 클레마티스로 변해 있었다. 허기가 선원들을 괴롭혔지만 그 누구도, 결코, 그들에게 굶주림을 가져다준 저 점치는 생물을 바다에 되던질 생각은 하지 않았다. 사이렌은 배의 이물에서 그녀의 새로운 존재 조건에 괴로워하는 기색도 없이 몽상에 잠겨 있었

44　발레리나들이 착용하는 뻣뻣하게 고정된 주름진 스커트를 말한다.

다. 선원들은 며칠 안 되어 모두 죽었고, 그 작은 배는 그저 바닷물의 흐름에 따라 아직도 대양을 편력하고 있다.

아니다. 해면동물 상인의 밤 안에 잠들어 있던 이야기는 빛나는 항적을 남기며 나아가는 유령선 이야기도, 해적들이 숨겨둔 보물 이야기도, 해저의 유적 이야기도 아닌 위의 이야기가 아니다.

해면동물 상인이 손을 들고 이야기를 시작한다. 그는 제 등에 온통 담즙이 발라져 있고, 한때 목마른 그리스도의 입술을 향해 뻗쳐졌던[45] 서른 개의 해면을 지고 있다고 말한다. 그는 또한 1900년부터 이들 해면이 팜프 파탈의 화장에 사용되었다고, 그것들은 사랑스럽기 그지없는 그녀들의 피부를 더욱 투명하게 만드는 효과가 있었다고 말한다. 그는 이 서른 개의 해면이 수많은 고통의 눈물과 사랑의 눈물을 닦아냈으며, 수많은 전투와 반죽음의 밤의 흔적을 영영 지워냈다고 말한다. 그는 저 고약한 마조히스트의 입술에 닿았던 그 성스러운 해면들을 하나씩 꺼내 보여준다. 오, 그리스도여! 해면들의 연인이여, 코르세르 상글로와 해면동물 상인과 나, 우리 셋은 다만 저 관능적인 해면들을 향한 그대의 사랑을 알 뿐이다. 저 부드럽고, 탄력적이고, 상쾌하고, 그 소금기 어린 맛으로, 피비린내 나는 입맞춤들에 의해, 그리고 쩌렁쩌렁한 '말씀'들에 의해 고통받은 입술을 다시금 기

---

45 《마태복음》 27장 48절에 나오는 내용을 암시하고 있다. 이에 따르면, 십자가형을 당한 채 갈증에 괴로워하는 그리스도의 입술을 축여준 것은 신 포도주를 적신 해면이다. "그중의 한 사람이 곧 달려가서 해면을 가져다가 신 포도주에 적시어 갈대에 꿰어 마시게 하거늘."

운 차리게 하는, 해면들에 대한 그대의 사랑만을.

이것이 이제부터는 그대들이 해면의 형상 아래 성별된 성체를 모셔야 하는 이유다.

견갑골의 푹 팬 지점에서, 가슴 아래쪽에서, 목과 허리 위에서, 등줄기 아래쪽에서, 그리고 엉덩이 두 쪽과 허리 가운데 지점이 꼭짓점을 이루는 삼각 지대 위에서 납작해지는 해면, 근육질의 두 엉덩이 사이로 사라지는 해면, 정념의 어두운 통로 속으로 모습을 감추는 해면, 여인의 맨발 아래에서 짜부라지고 흐느끼는 해면.

우리는 해면의 모습을 한 성체를 모실 것이다, 우리는 그것을 우리의 두 눈에, 눈꺼풀 안쪽 벽을 지나치게 많이 바라보았던 두 눈에, 눈물을 짜내어 사용하기에는 눈물의 메커니즘을 지나치게 자세히 알아버린 두 눈 위에 붙일 것이다. 우리는 그것을 대칭을 이루고 있는 두 귀에 붙일 것이고, 오, 그리스도여, 너의 입술보다 더 값진 우리의 입술 위에, 그리고 쑤시는 통증 드는 겨드랑이 아래에 붙일 것이다.

해면동물 상인이 거리들을 지나친다. 보아하니 그는 늦었다. 그보다 앞서 지나간 모래 상인은 이미 불모의 해변을 흩뿌렸고, 이제 해면동물 상인은 그대들에게 사랑을, 그리고 고통받는 연인들을 흩뿌린다(마치 번민으로 인해 숨 헐떡거리지 않는 이들만이 '연인'이라는 호칭을 짊어질 자격이 있었다는 듯 말이다).

해면동물 상인이 지나갔다. 여기 침대 매트리스와 푹신한 베개 모두 갖춰져 있다. 자자.

이제 해면동물 상인은 후광이 덮인 가스 제조기들로부터 아주 멀리 떨어져 있다.

코르세르 상글로는 깊은 생각에 잠긴다. 그는 어느 여인의 시신 한 구를, 그리고 사람들이 감미로운 액체를 마시던 응접실을 회상한다……. 그는 '뷔뵈르 드 스페름' 클럽을 향해 발걸음을 돌이켜 뗀다.

그는 클럽이 위치한 거리를 재발견한다.

그는 여인의 시신을 재발견하지 못한다.

그는 반은 해골, 반은 생선뼈인, 새하얀 사이렌의 잔해를 재발견한다. 그는 그의 안락의자와 잔을 재발견한다. 그는 그의 동료들, 정액을 마시는 이들을 재발견한다. 그는 맞은편 건물의 꼭대기에 베베 카돔이 여전히 존재하는 것을 재발견한다.

그가 응접실로 들어올 때, 정액을 마시는 한 사람이 이렇게 말한다.

"자정을 알리는 종소리가 울렸을 때, 나는 정확히 23세였습니다, 내 방문이 열리자, 바람은 우선 무척이나 풍성한 금발 머리를 들여보냈는데, 그러고 나서……."

8. 볼 수 있는 한 가장 멀리

코르세르 상글로는 지겨워하고 있었다! 권태는 그의 삶의 이유가 되었다. 매일같이 권태가 또다시 늘어날 수 있음을 놀라워하며, 그는 권태가 조용히 자라나게 두었다. 그것은 **권태**였다. 햇볕 담뿍 받은 드넓은 광장, 곧게 뻗은 주랑으로 에워싸이고 깨끗하게 치워진, 깔끔하고 버림받은 공간이었다. 코르세르의 생애에 변하지 않는 1시의 종소리가 울렸다, 그러자 그는 권태란 **영원**의 동의어라는 것을 이해하게 되었다. 매일 밤 부질없게도 그는 시계추가 내는 기괴한 '똑딱똑딱' 소리에 잠에서 깨어났다. 갈수록 커져만 가는 '똑딱똑딱' 소리, 그의 침소가 숨소리로 가득 찬다. 또 어쩔 때는 자정 무렵에 어느 알 수 없는 존재가 그의 꿈을 가로막기도 했다. 어둠 속에서 확장된 그의 동공은 그의 거처에 침입하러 온 것이 분명한 그 또는 그녀를 찾으려 했다. 그러나 누구도 그의 방문을 부수고 들어오지 않았고, 곧이어 괘종시계의 차분한 소음만이 자려는 이의 숨소리에 섞여드는 것이었다.

코르세르 상글로는 자기 마음 안에서 스스로에 대해 새로운 자기 존중이 자라남을 느꼈다. 그가 **영원**의 단조로움을 이해하고 또 받아들인 이후로, 그는 마치 막대기라도 된 양 곧게 모험이라는 저 미끄러운 칡넝쿨들을, 그가 나아가는 길을 붙들지 못하는 그 넝쿨 밭을 지나 곧게 나아갔다. 의기소침한 마음의 뒤를 이어 새로운 경탄이 터져 나왔다. 그것은 가장 소중하게 여기던 기도企圖들이 실패한 모습을 그 스스로가 무심히 관찰할 수 있게끔 해준, 거꾸로 된 열광이었다. 시간으로부터의 자유가 마침내 그를 사로잡았다. 그는 서로 비슷비슷하게 잇따라오는, 저 인내심 깊은 시간 속에 섞여들었다.

그것은 권태였다. 그가 어느 날엔가 모험을 감행했던 드넓은 광장이었다. 오후 3시였다. 고요는 무늬말벌의 붕붕거리는 날갯짓 소리와, 후텁지근하게 데워진 대기로부터 들려오는 소리마저 감싸고 있었다. 열주는 황색 흙바닥 위로 반듯한 그림자들을 빤히 드리우고 있었다. 행인은 아무도 없었다, 반경이 족히 3킬로미터는 되는 그 광장 맞은편에서 정처도 없이 떠돌이 걸음을 하고 있는, 거의 보이지도 않는 조그마한 한 사람을 제외하면 말이다. 코르세르 상글로는 시간이 여전히 3시며, 그림자들도 변함없이 언제나 같은 방향을 향해 드리워져 있다는 것을 깨닫고 공포에 휩싸였다. 그러나 그러한 공포, 공포는 곧 사라졌다. 코르세르는 마침내 그 격정의 지옥을 받아들였다. 그는 영원의 존재를 어느 날엔가 깨닫게 된 누군가에게 어떤 천국도 허락되지 않음을 알게 되었으며, 이 무더운 광장, 미동도 없는 태양에 의해 참 밝게도 비춰지고 있는 이 광장 위에서 영원히 선 채로 근무하는 초병이 되어 머무르기로 결의했다.

그러니 권태를 먼지에 빗대었던 이는 누구란 말인가? 권태와 영원은 절대적으로 무엇에도 오염되지 않고 깨끗하다. 어느 정신적 청소부가 권태와 영원, 그것들의 절망적인 청결 상태를 정성스레 지키고 있는 것이다. 그런데 내가 '절망적'이라고 했는가? 권태는 자살로 연결 짓지 못할 그 어떤 절망도 더는 생산해낼 수 없을 것이다. 그대들, 죽음에 대한 공포를 모르는 자들이여, 그러니 어디 한번 권태를 시험해보도록 하라. 죽고 난 다음에는 권태가 그대들에게 더는 아무 소용 없으리라. 일단 그대들이 결정적인 계시를 받고 나면, 부동하는 고통이, 그리고 모든 눈요깃거리와 모든 감수성으로부터 벗어난 정신에 주어지는 아주 먼 곳까지 뻗어나간 전망, 전망이 있을 뿐이다.

코르세르 상글로가 기묘한 모험을 겪게 된 것은 바로 이 시기였다. 그 모험은 그의 감정을 미친 듯 뒤흔들지는 않았다.

그가 그 속에 운신하고 있던 낭만적 풍경에 대해 그는 아주 약간의 경멸 섞인 주의를 기울일 뿐이었다. 공동묘지의 담벼락을 따라 이어진 움푹 팬 오솔길, 묘지 담벼락 뒤로는 몇 그루의 실편백과 두 그루의 거대한 파라솔 소나무[46]의 꼭대기 부분이 보였고, 이때 하늘은 우중충하고 검은 먹구름으로 부풀어 오른 하늘, 그리고 무시무시한 생선뼈처럼도 보이는 묵직한 뭉게구름의 모습을 한층 더 음침하게 불거지게끔 만드는 태양, 그러한 태양광선에 의해 부채꼴 모양으로 터진 서쪽 하늘, 그러한 하늘은 제 자신 위로 접혀 흘러가는 듯 그렇게 흐르고 있었다. 시간

46　지중해 인근에 서식하는 소나무의 일종으로, 활짝 편 파라솔처럼 보여서 '파라솔 소나무pin parasol'란 이름이 붙었다.

은 3시였을까? 아니, 그보다는 9월 어느 저녁이었고 5시였다. 어두운 망토를 두른 석양, 그러한 석양의 비탄이 대지를 잠식하고 있었다. 유일하게 들려오는 소음이, 대단히 낮게 깔린 하늘 탓에 소음의 울림이 평소보다 더욱 먼 곳까지 전달된 것이 아니라면, 아마도 가까이 있는 길을 보이지 않게 만들고 있었다. 그것은 낭떠러지와 낭떠러지 사이로 난 협로를 달리는 탓에 불가해한 것이 되어버린 차의 주행 소음이었다. 이것은 코르세르 상글로가 보지 못한 것인데, 돌연히 공동묘지로부터 3만 개의 묘석이 솟아올랐으며, 3만 구의 사체들이, 격자무늬 천으로 짠 농민 셔츠 차림의 사체 3만 구가, 마치 퍼레이드를 위한 것처럼 오와열을 맞춘 채 나타났다. 그들 중 일부는 대열에서 뛰쳐나와 묘지 담벼락을 기어오르며 그 담벼락 꼭대기에 팔꿈치를 괴었다. 가벼운 호흡 곤란을 느끼고 있던 코르세르 상글로의 눈에 그들의 머리가 들어온 것은 바로 이때다. 그 머리들은 담벼락 위로 급작스레 솟아나서 그를 바라보며 비웃음을 던졌으나, 그는 꽤 넘치 않고 제 갈 길을 나아갔다. 그들의 폭소는 그의 등 뒤로 오래도록 울려퍼졌다, 보이지 않는 차의 주행 소음은 빠른 속도로 커져갔다. 코르세르가 길의 끝자락에 이르렀을 때, 그는 거인을 담을 수 있을 만한 크기의 거대한 영구차를 보았다. 그 차를 끄는 것은 네 필의 페르슈산 준마들이었고, 털 뭉치로 일부가 가려진 말발굽들이 대지를 세차게도 두들기고 있었으나 그 영구차는 안이 비어 있었으니, 관도 없고 마부도 없었다.

영구차가 사라졌다. 공동묘지 담벼락 위에 걸터앉아 있던 죽은 자들은 묵묵히 하늘을 바라보고 있었다. 하늘, 상승 기류에 의해 뒤죽박죽으로 섞인 하늘은 우중충하고 검은 먹구름에 실려 제 자신 위로 접히듯 흘러갔다. 사람들은 아마도 그 먹구름 속에서 폭풍우 사이로 비치는 한 줄기 빛을 희망했을 터이나, 먹구름은 저물어가는 하늘의 빛을 근본적으로 조정하면서 아스팔트와 같은 양상을 짓누르는 듯하고, 무거운 양상을 자연에 부여할 뿐이었다. 무더운 계절의 격렬한 권태가 해면 조직 안의 코르세르 상글로를 음침한 가운으로 감쌌다. 주의 깊은 손가락 하나로 시계판 위 가공의 바늘들의 위치를 옮긴 것이 바로 그였다. 햇볕을 가득 받고 있는, 주랑들로 꾸며진 드넓은 광장들 위를 거니는 산책자들을 방황하게 한 것이 바로 그이며, 우중충하고 검은 먹구름을 통해 위협하는 하늘, 그리고 누군가 그 속에서 익사하기에는 너무도 기름진 저 하늘에도 불구하고, 폭풍우들을 무시해가며 끊임없는 움직임을 통해 움직임 없는 그의 대양을 흔들어놓은 것 또한 바로 그였다.

시불라*σίβυλλα*[47]와 그녀의 애완 뱀이 제국의 몰락을 주재하던 동굴에서부터 천편일률적이며 익살스러운 광고 전단들로 도배

---

47 고대의 여성 예언자들을 말한다. 아폴론 신전의 무녀인 피티아가 주로 젊은 여성이고 주어진 질문에 대한 신탁만을 내리는 반면, 시불라는 나이 든 여성이고 1인칭으로 독립적인 예언을 내린다는 차이가 있다.

된 지하철 터널에 이르기까지, 강령술을 하기에 적합한 여러 풍경들이 있다. '뒤보네Dubonnet'[48], 지하에서 흔히 볼 수 있는 망령들을 쫓아내기 위한 우스꽝스러운 이름, 에스팽골espingole과 트롱블롱tromblon[49]이 꽃피었고, 원추형 모자를 쓴 강도떼들로 가득한 봉디[50]의 숲을 지나면 나오는 단단한 벽돌로 쌓아올린 저택들, 저택의 방들은 아치형 천장으로 건축되었고, 그 안으로는 사람에게 공감하는 까마귀들과 몸집 큰 부엉이들이 드나드는 저택, 프티 부르주아들의 아파트들, 그 안에서는 하찮은 이유 때문에 누군가 소금통을 뒤집어엎거나 가벼운 질책을 하고, 솜화약[51]의 한가운데에서 일어난 불일치는 노크도 없이 입장하여 사람 좋은 두 부부와 그들의 심약한 자식들을 덮치며, 그들의 손에 지금까지는 위협적인 것이 아니었던 식탁 위의 칼을 쥐어주고(다만 빵을 자를 때 그 칼이 손가락에 상처를 낸 적이 있고—빵은 잘라서는 안 되고 떼어내야 한다. 우리 주 예수 그리스도를 기념하는 의미에서 말이다— 한번은 파슬리를 자를 때 손가락들을 베기도 했다—그것은 독당근을 닮았기에 위험한 채소다. 독성 식물, 소크라테스가 배은망덕한 국가의 무자비한 법관들에 의해 치사량을 들이키도록 선고받았던 그 채소. 그러나 이 일은 남색가[52]들에게

---

48 베르무트 주에 키니네를 첨가해 만든 술의 상표 이름.

49 에스팽골과 트롱블롱 모두 총구가 나팔 모양을 하고 있는 총의 이름이다.

50 파리 북동쪽에 위치한 마을 이름.

51 솜뭉치처럼 생긴 화약의 일종으로, 화학적으로는 '나이트로셀룰로스'라고 한다.

52 고대 그리스 사회에서는 남색이 고귀한 사랑의 형태로 간주되었으며, 소크라테스 역시 남색가로 추정되곤 한다.

그토록 소중한 영웅이 최후의 순간에 크나큰 용기를 증명하게끔 했으며, 그의
적들이 그를 쓰러뜨렸다고 생각했을 바로 그때에 그를 더욱 위대하게 만든 것
이었다) 그들의 평화로운 식사용 방을 무시무시한 살육의 장으로
변화시켜 잘린 경동맥으로부터 피가 솟아오르고, 그 피는 차례
차례 리모주산 자기 수프 그릇을, 매달린 가스등을, 그리고 르
네상스풍 식탁을 더럽히는 프티 부르주아들의 아파트, 가로등
불로 밝혀진 골목의 구석가, 버스 정류장 때문에 그 빛은 녹색이
며, 그곳에서는 악당들의 그림자들이 비밀 회합을 가지는데, 그
회합은 어느 발걸음 소리가 터벅터벅 들려와서 그들에게 때가
가까이 왔음을, 마차가 출입하는 대문 구석에 몸을 감추고 있던
그들이 갈 길을 잘못 생각한 그 행인을 덮칠 때가 머지않았음
을 알리는, 그때까지 이루어지는, 그러한 골목, 오후 2시의 온화
한 풀밭, 때는 한가한 여행자가 제 가슴을 풀어헤치고서는 치마
를 바짝 걷어 올린 젊은 여자 양치기 앞에 무릎을 꿇는 시간, 풍
경들이여, 너희들은 다만 가짜이며, 무대장치에 불과하리라. 유
일한 배우는 프레골리[53]다. 프레골리, 달리 말해 '권태'가 홀로 무
대 위를 활보하며 영영 끝나지 않는 희극을 연기한다. 단 한 사
람만이 무대 뒤에서 매번 새로운 역할을 할 때마다 옷을 갈아입
어야 하는, 계속해서 주인공이 바뀌어가며 이어지는 희극을 말

---

[53] 이탈리아의 배우이자 복화술사인 레오폴도 프레골리Leopoldo Fregoli를 말한다. 짧은 시
간 안에 의상을 갈아입는 기술로 유명했으며, 한 공연에서 이 기술로 100개의 역할을
맡은 적도 있다. 프레골리는 당대의 큰 사랑을 받아 전 세계를 돌아다니며 공연했다.

이다.

잠시 뒤에, 코르세르 상글로는 파리의 어느 거리로 접어들었다.

포부르 생오노레 거리의 어느 이발소 앞에서 코르세르 상글로가 읊조린 독백

"나는 결코 친구들을 가져본 적이 없네. 나는 오로지 연인들만을 가졌지. 친구들에 대한 나의 애착과 여인들에 대한 나의 냉담함에 비추어, 나는 오래도록 내가 사랑보다는 우정에 더 능한 사람이라고 생각했네. 미친 소리였지. 내게는 우정이 불가능했다네. 내가 여러 친구들과의 관계에 쏟아 부었던 정열, 내가 어떻게 그것을 다른 데 나눠줄 수 있었겠으며 다른 대상에게로 옮길 수 있었겠는가. 추억하건데 몇몇 경우에 있어서는 그 정열이 상호적이었다네. 내가 어떻게 저 파란 많은 만남들을, 열렬한 끌림을, 증오에 가까운 감정을, 양심의 갈등을, 말다툼을, 그들의 부재에 대해 느끼는 슬픔을, 이제는 우리가 서로 거의 보지 않는 지금 그들을 생각할 때 내가 느끼는 이 감정을, 우정으로, 저 칙칙하고 무른 진흙 같은 우정으로 혼동할 수 있겠는가. 나의 인간관계가 가진 고고한 성격을 감지하지 못한 채, 다만 내게 우정만을 제공하려 하는 이들, 나는 그들을 경멸했다네. 내 친구들은 다만 내 삶의 한순간만을 스쳐지나갔네. 처음 눈에 들어온 지나가는 여인에게 다소간은 서로에 대한 질투심을 느끼며 우리는 함께 빠져들었다네. 나는 목소리가 울리지 않는 규방을 헤매었고, 내 친구들도 마찬가지였네. 나는 정부들의 가슴 위에서 잠들 때의 깊은 망각을 믿었고, 그 여성 스핑크스의 상냥함 속에 내가 사로잡히도록 했으며, 그것은 내 친구들도 마찬가지였네. 이젠 어떤 것도 우리에게 옛 시절의 삶을 되돌려줄 수 없을 것이네. 마주 보고 있을 때도 서로가 서로에게 낯설어져버린 우리는, 우리가 헤어진 뒤에야 옛 시절 생각의 일치를 되찾게 되는 것이네. 그리고 추억은 그것에는 있어 아무짝에도 쓸모없지. 옛 친구와 마주 섰을 때면, 고독 속에서 떠오른 이상적인 그 친구가 묻지 않겠는가. 지금 누가 누구를, 어떤 자격으로 비교할 수 있는가 하고. 시간이라는 우울한 관념으로부터 자발적으로 탄생한, 그 허구의 존재가 묻지 않겠는가.

그리고 이제 나는 내 행동을 위한 무대로 다만 광장밖에는 가지지 못했네. 라파예트 광장, 빅투아르 광장, 방돔 광장, 도핀 광장, 콩코르드 광장밖에는.

어느 시적인 광장공포증이 내 밤을 사막으로 바꾸어놓고 내 꿈을 불안으로 바꾸어놓네.

오늘 나는 가발들 그리고 바다거북 껍질로 만든 빗들이 진열되어 있는 창가 앞에서 떠들고 있다. 그리고 내가 기계적으로 저가게 안을 유리잔과 잘린 머리와 무기력한 거북으로 채워 넣는 동안, 최상품 강철로 만든 거대한 면도기가 작은 뇌로 만든 괘종시계의 바늘 자리를 차지한다. 면도기는 이제 매 분을 잘라내지는 않으면서 깎는다.

옛 정부들이 그들의 머리를 다듬고, 나는 그녀들을 더는 알아보지 못할 것이다. 내 친구들은 어디선가 내가 모르는 이들과 함께, 막 시작되는 운명적인 애정의 식전주를 마시고 있다.

나는 혼자다. 아직, 그리고 그 어느 때보다도 더 정열을 느낄 수 있는 내가 말이다. 권태, 내가 엄격한 무의식으로 갈고닦는 권태가 내 삶을 단조로움으로 장식하고, 그로부터 폭풍우와 밤과 태양이 솟아오른다."

이때 이발사가 밖으로 나와, 문간에 멈춰 선 산책자를 바라보았다.

"면도하고 싶으십니까? 선생님, 저는 면도를 부드럽게 한답니다. 니켈 도금을 한 제 이발 기구들은 민첩한 꼬마 악마들이죠. 자단색 머릿결을 한 가발 제조인인 아내는 마사지를 섬세하게 하고, 손톱에 반질반질 윤을 내는 기술이 좋기로 유명하답니다. 들어오세요, 들어오세요, 선생님."

안락의자와 거울이 익숙한 미광을 그에게 비춰주었다. 이미 비누 거품이 면도 접시를 가득 채우고 있었다. 이발사가 면도솔에 비누 거품칠을 했다. 새벽 2시였고, 밤은 밀랍 흉상들의 그림자를 서로 구분되지 않게 섞고 있었다. 이발소 냄새가 무겁게 떠다녔다. 막대기처럼 생긴 면도 비누들의 끄트머리에서 비누 거품이 쩍쩍 소리를 내며 말라가고 있었다. 코르세르 상글로는 그의 머리 위편에서 어렴풋한 존재감을 느꼈다. 그는 격렬하게 가운을 집어던졌고, 그러자 그의 발치에서 죽어가는 바다가 소금기 어린 바람으로 그를 도취시켰다. 모래가 아주 고왔다.

코르세르 상글로는 이어서 높다란 기둥들이 세워진 광대한 궁전 속을 헤매었다. 궁전 기둥들은 너무나도 높아서, 천장이 보이지 않을 지경이었다. 이어서 그의 사료 편찬관은 그를 제 시야로부터, 그리고 기억으로부터 놓치고 말았다.

코르세르 상글로는 계속해서 나아갔다. 궁전은 그를 오래도록 잡아놓았다. 왕새우와 바닷가재의 등껍질로 건축된 궁전은 새하얀 산맥 한가운데에 가벼운 골조를 드러내고 있었고, 또한 붉은 덩어리처럼 보이는 탑들을, 대게 껍질로 세운 벽면 안으로 잘 구워져 갈색 빛을 띠게 된 갑각류들을 세심히 쌓아 만든 탑들을 드러내고 있었다. 난바다로부터 불어오는 바람이 그것을 제 연약한 기반 위에서 부드럽게 흔들리게끔 했다.

조심하라, 내 친구가 되지 말아라. 맹세하건데 더는 나 자신을 저 끔찍한 늑대 덫에 걸려들게 하지 않을 것이며, 절대로 그대의 것이 되지 않을 것이고, 만약 그대가 나를 위해 모든 것을 바치는 데 동의한다고 하더라도 나는 그대를 위해 단 하루도 바치지 않으리라.

어쨌든 나는 이미 그것을 겪어봤기에, 헌신이란 것이 무엇인지 안다. 만약 그대가 저 고상한 음욕을 원한다면, 좋다, 나를 따라와도 된다. 그렇지 않다면, 나는 다만 그대의 무관심을, 그것도 아니라면 그대의 적대감만을 바랄 뿐이다.

9. 신기루 궁전

사막에서 길을 잃은, 흰 투구를 쓴 탐험가는 지평선 위로, 미지의 어느 도시로부터 위풍당당한 탑들이 솟아오르는 것을 본다.

코르세르 상글로는 오후 3시에 튈르리 정원으로 들어선다. 콩코르드 광장을 향해 나아가던 중이었다. 같은 시각, 루이즈 람은 루아얄 거리를 따라 내려간다. 카페 막심에 다다르자, 바람이 그녀의 모자를 벗겨 마들렌 성당 쪽으로 날려버린다. 바람에 머리가 헝클어진 루이즈 람이 날아가는 모자를 뒤쫓아 다시 붙잡는다. 그동안 코르세르 상글로는 콩코르드 광장을 지나 가브리

엘 대로에서 모습을 감춘다. 3분 뒤, 이번에는 루이즈 람이 혁명의 무대장치로 유명한 광장[54]을 가로질러 샹젤리제 거리로 올라간다. 코르세르 상글로는 신발 끈을 다시 묶기 위해 잠시 멈춰선다. 그가 담배에 불을 붙인다. 루이즈 람과 코르세르 상글로는 샹젤리제의 관목 숲을 사이에 두고 갈라선 채, 함께 같은 방향을 향해 나아간다.

사막에서 길을 잃은, 흰 투구를 쓴 탐험가는 헛되이 밤하늘의 별자리를 살핀다. 알려지지 않은 도시가 지평선 위로 탑을 세워 올리고, 무시무시한 돌출 회랑을 갖춘 탑의 그림자가 거대한 면적의 땅을 덮는다. 코르세르 상글로는 예전에 몽타보르 거리에서 마주쳤던 여인을 추억한다. 살인마 잭이 머물렀던 바로 그 방이 그들의 피난처였다. 그는 자신이 그 정도의 집요함을 갖고 그녀를 생각한다는 것을 깨닫고 놀라한다. 그는 그녀를 다시 보고 싶다고 열렬하게 희망한다. 그리고 루이즈 람, 생생한 추억에 의해 고통받는 그녀는, 어느 날 저녁 그녀를 버리고 떠났던 저 잘생긴 모험가의 운명은 어찌 되었는지 자문한다. 학교의 폐허 속에서, 인구가 많은 한 도시 외곽에 버려진 폐허이자 지금은 주인 잃은 고양이들의 소굴인, 그 계단식 원형 강의실의 흑판 위에, 상황의 검은 정신은 끊임없이 이어지는 여정을 그리고 있다. 종려나무도 없는 사막에서 길을 잃은, 흰 투구를 쓴 탐험가는 지리학자들에게 알려지지 않은 신비로운 어느 도시의 주변을 느

---

54 콩코르드 광장을 말한다. 콩코르드 광장은 루이 16세가 처형된 곳이다.

릿한 발걸음으로 돈다.

코르세르 상글로는 오른쪽으로 돌고, 루이즈 람은 왼쪽으로 돈다. 흰 투구를 쓴 탐험가는 사막 한가운데 솟아난 그 도시를 향해 점점 더 가까이 다가간다. 그 도시는 이내 바람에 날아가는 아주 작은 모래성이 되고, 그동안 불안감은 고립된 여행자의 가슴을, 제 시선이 사로잡혔던 것은 대체 어떤 새로운 힘 때문이었는지 자문하고 있는 그의 가슴을 꿰뚫는다.

상황의 정신은 도로 보수 인부의 작업복을 입는다. 그것은 콩코르드 광장으로 가서, 그곳의 포도鋪道 위에 신비한 별들을 그린다.

루이즈 람은 계속 나아가다가, 돌연 코르세르 상글로가 그녀 앞에 솟아오르는 것을 본다. 그러나 그것은 환상일 뿐이었다. 그녀는 오래도록 코르세르의 환영이 나타난 장소를 바라본다. 그녀는 속으로 생각한다, 틀림없이, 아마 그리 오래전이 아닌 어느 날, 그 모험가가 바로 이 장소에, 오늘은 그녀가 그녀의 발을 딛고 있는 이 장소에 발을 디뎠을 것이 분명하다고 생각한다. 그녀는 생각에 잠긴 발걸음으로 다시 갈 길을 가기 시작한다.

그는 바람이 그의 레글런 외투의 주름을 부풀리는 가운데 상점 진열창들의 유리창과 거울들에 반사되어가며, 달아나는 제 생각들의 흐름을 뒤쫓으며, 때로는 약사의 조제실들 앞에서 얼굴이 붉어졌다가 녹색이 되기도 하고, 때로는 어느 여자가 입은 외투의 모피에 스치기도 하며, 무기력한 발걸음으로 걸음이 생라자르 역 쪽으로 나아가게 했다. 바티뇰 대로 쪽에서, 그는 파리발 기차들이 석탄처럼 새까만 구덩이 속으로 멀어져가는 모습을 지켜본다. 아직 밤이 아니기 때문에, 기차 커튼 너머로 램프 불빛들이 창백하게, 그리고 노란빛으로 반짝인다. 저 차창들 중 하나에 '뷔뵈르 드 스페름' 클럽의 사이렌이 팔꿈치를 괴고 있다. 코르세르 상글로는 그녀를 전혀 보지 못한다.

사막에서 길을 잃은, 흰 투구를 쓴 탐험가는 모래 속에 묻혀 있다가 최근 지중해 동남풍에 의해 해방된, 옛 팀북투[55]의 진짜 유적을 발견한다. 막 최후의 걸작급 살해를 저지른 살인마 잭이 살인 장소인 아파트에서 내려와 바티뇰 대로를 서성인다. 그는 꺼진 담뱃불에 다시 불을 붙이기 위해 코르세르 상글로에게 불을 빌리고, 몇 미터 더 걷다가 경찰관 한 사람에게 테른 역으로 가는 가장 짧은 길을 알려달라고 한다. 검은 모래사막에서 길을 잃은, 흰 투구를 쓴 탐험가는 옛 팀북투의 폐허를 뚫고 나아간다. 보물과 해골이 그의 눈앞에 사라진 옛 신앙의 비밀스러운 상징을 보여준다. 사이렌이 올라탄 급행열차는 뮤직홀의 여가수가 자동차로 다리를 건너는 바로 그때, 그녀와 같은 다리를 건넌다. 코르세르 상글로, 루이즈 람 그리고 여가수는 세계를 가로질러 헛되이 서로를 열망한다. 그들의 생각은 생각들의 출발 지점이었던 각자의 뇌리에서 서로가 서로를 반사하는 무한의 신

---

55 프랑스어로 통북투Tombouctou라고 부르며, 아프리카 말리에 있는 도시로, 15~16세기 아프리카 이슬람 문명의 유적이 남아 있다.

비한 지점들에서 서로 맞부딪히며, 서로 충돌하며, 서로 만나고자 하는 욕망을 부채질한다. 1분만 차이가 났더라도 이루어지지 않았을, 예외적 개인들을 위한 결정적 만남이 이루어지는, 저 운명적인 장소들을 낮은 목소리로 찬양하도록 하자. 코르세르 상글로와 루이즈 람을 콩코르드 광장에서 스치게 하는 기이한 운명이여, 사이렌과 여가수를 파리 교외의 음침한 구석에서 한 사람이 다른 사람 아래로 스치게끔 하는 기이한 운명이여, 나 또는 그대들로 하여금, 버스 또는 전혀 다른 대중교통 안에서, 어쩌면 나와 그대들 사이의 연결점이 되어줄 수 있었을 그 또는 그녀 앞에, 우리의 기억에서 아주 오래전부터 잊혀져 밤마다 우리를 괴롭게 만드는 그 또는 그녀의 앞에 앉게 했던, 기이한 운명이여, 너는 우리도 모르는 사이에 오래도록 우리의 희미하고 까다로운 감각에 와 부딪힐 것인가?

연탄과 무연탄의 사막에서 길을 잃어버린, 흰옷을 입은 탐험가는 저녁이면 그의 장인장모의 시골집 벽난로에서 타오르던 불을 추억한다. 그의 부인이 아직 약혼자였을 때고, 도깨비불에 성 엘모의 불이란 이름이 붙지 않았을 때였다. 그리고 눈을 완전히 감았을 때 눈꺼풀 아래의 어둠 속에서 얼핏 비치는 정원의 꽃들, 그 꽃들이 질척질척한 들판 가운데서 흔들리고 있는 것처럼, 새벽 1시경에 꺼져 죽어가던 잉걸불을 추억한다. 때는 12월 25일이고, 아이가 잠에서 깨어 잠옷만 걸친 차림으로 나아가, 아버지의 벽난로 속에서 신화 속의 영웅들의 행렬을 목격하게 될 때이며, 벽난로 속으로 울리는 바람 소리 가운데서 보이지 않는 대천사들의 노랫소리를, 그에게 밤에 대한 사랑과 언제나 변함없는 정오의 태양에 대한 사랑을 주입하는 노랫소리를 듣게 되는 때다. 어둠처럼, 그리고 우선적으로는 동화책의 마법과 같은 삽화에서 엿보게 되는 극지방의 오로라, 북쪽에서 떠올라 북극 땅의 어느 외진 만에 들어선 배의 갑판에서 열광적인 인사를 받게 되는, 오로라처럼 장엄하고도 비극적인 정오의 태양에 대한 사랑을.

콩코르드 광장의 포석 하나, 포석을 떼어 가는 사람들에게 잊혀진 한 장의 포석이 무기물의 본성 때문에 간직해왔던 조심성에서 벗어난다. 그것은 말한다. 그리고 그것의 말은, 예기치 못한 현상이지만, 그것이 세월의 흐름 속에서 자신을 밟고 지나갔던 모든 사람들의 이름을 거명하지 않는다면, 기적에 익숙해진 대중들을 붙잡아둘 수 없으리라. 처음에는 역사적인 인물들의 이름이 환호와 노호에 의해 격한 호응을 얻는다. 그러고 나서 사인私人들의 이름, 알려지지 않은 자들의 이름들이, 확성기들에 의해 멀리서도 반복되는 그 이름들이, 몰려든 이들의 가슴속에서 무겁게 울려 퍼진다. 어떤 이는 자기 아버지의 이름을 듣고, 저 늙은이는 자신의 첫 번째 정부의 이름에 인사하며, 또 다른 이들은 자기 성을 듣고 인식한다. 그들은 멈춰 서고, 그들의 삶은 스스로에게 가련해 보인다. 그러자 권태가 모든 이들의 정신을 사로잡는다. 코르세르 상글로는 군중의 정신이 우울해지는 것을 목격한다. 그는 그러한 사실로부터 기쁨을 느끼고, 그리고 스스로 기괴한 즐거움에 놀라워한다. 그는 마침내, 자신이 권태 대신에 열광과도 같은 '절망'을 찾아냈음을 이해한다.

잔인한 두 지평선 사이에서 길을 잃은, 흰 투구를 쓴 탐험가는 죽을 준비를 하고 있으며, 모름지기 탐험가라면 어떻게 죽어야 하는지 알기 위해 제 기억들을 그러모으고 있다. 팔을 십자로 교차시킨 채 묻혀야 하는지, 모래 속에 얼굴만 내놓고 묻혀야 하는지, 바람과 하이에나들에 의해 금세 사라지고 말 무덤을 꼭 파야 하는지, '공이치기'의 S자 모양새[56]로 눕기, 자기 자식들이 자기 위해 그러한 모양새를 취한 것을 확인할 때마다 우리네 어머니들이 괴로워하는[57], 그러한 자세로 누워 죽어야 하는지, 죽음의 집행인은 사자가 되어야 할지, 일사병이 되어야 할지, 또는 목마름이 되어야 할지.

콩코르드 광장의 포석은 과거에 그 위를 지나갔던 이들의 행렬을 환기시킨다. 유행에 따라 다양하게 변화하는, 여성 속옷, 모험가, 평화로운 산책자, 다시 여성 속옷, 기병, 호화로운 사륜마차, 사륜마차, 덮개가 없는 사륜마차, 이륜마차, 삯마차, 자동차, 코르세르 상글로, 루이즈 람, 아무개 남자, 아무개 여자, 자동차, 경찰, 당신, 나, 너, 코르세르 상글로, 자동차, 자동차, 자동

---

56 구식 소총에 달린 공이치기의 S자처럼 옆으로 움츠려 누워 자는 자세를 말한다.

57 억압적 성윤리가 지배하던 시절에는 남자아이들이 이불 안에서 자위하는 것을 막기 위해 '반듯하게' 누워 자는 자세가 권장되었다.

차, 몽유병자, 경찰, 가로등 점화인들, 코르세르 상글로, 아무개, 아무개.

지하철 두 량, 두 열차, 차량 두 대, 평행하는 두 길을 걷는 두 산책자, 두 삶, 서로 보지 못한 채 교차하는 한 쌍, 가능한 만남, 일어나지 못한 만남. 상상력은 이야기를 수정한다. 상상력은 전화번호부를 정정하고, 한 도시에, 한 거리에, 한 집에 자주 드나드는 이들, 그리고 한 여인의 집에 자주 드나드는 이들의 목록을 정정한다. 상상력은 이미지들을 영구히 거울 속에 고착시킨다. 수집된 초상화들이 미래의 기억의 벽에 매달려 있고, 그 위에 정체불명의 멋진 사람들이 날카로운 주머니칼로 그들의 이름 머리글자와 날짜를 새긴다.

코르세르 상글로는 어느 집의 4층에서 전설적인 루이즈 람에 대해 계속 생각하고 있고, 그동안 그녀는 또 다른 집의 4층에서 코르세르 상글로를 그들이 헤어지던 날 저녁의 모습대로 상상하고 있으며, 그들의 눈빛은 장벽을 뚫고 서로 마주쳐 새로운 별들을 만들어내어 천문학자들을 당황하게 만든다. 얼굴과 얼굴을 마주 보고, 그러나 어느 정도의 장애물에 가로막힌 채로, 집들과, 기념물들과, 나무들에 가로막힌 채로, 두 사람은 내적인 대화를 나누고 있다.

어느 격한 재앙이 일어나 저 모든 차폐막과 상황을 파괴한다! 그리고 보라, 밋밋한 들판으로부터 사라진 모래알들이 전 존재를, 그것이 무엇이든 또 다른 존재에 연결시키는, 상상의 직선에 의해 결합되었다. 시간도, 공간도, 어떤 것도 이제 저 이상적인 관계를 가로막지 못한다. 뒤집어엎어진 삶도, 속세의 금기도, 지상의 의무도, 모든 것이 무너진다. 그렇다고는 해도 인간들은 여전히 저 자의적인 주사위놀이에 종속되어 있다.

사막에서 길을 잃고, 돌이킬 수 없게 길을 잃은 채로, 흰 투구를 쓴 탐험가는 마침내 신기루들의 현실성과 미지의 보물에 대해 이해한다. 공상의 동물상動物相들, 진위가 의심스러운 식물상植物相들이 이제부터 그가 살게 될 감각적 낙원을 구성하고 있다, 참새들이 없는 허수아비, 묘비명이 없는 묘비, 이름 없는 사람인 그가 이제부터 살게 될 낙원을 말이다. 한편, 놀라운 이동을 마친 피라미드들은 무거운 돌덩어리 아래에 숨겨진 주사위들을 드러내고, 과거의 숙명성과 미래의 운명에 관한 짜증스러운 질문을 다시금 제기한다. 현재로 말할 것 같으면, 영원한 아름다운 하늘, 그 하늘은, 그러나 오직 세 개의 주사위를 던질 시간밖에 지속되지 않는다, 하나는 도시에, 하나는 사막, 하나는 인간 위로 던지는 시간 동안 말이다. 흰 투구를 쓴 탐험가는, 간교한 안내인인 그의 천재성이 그를 한 걸음 한 걸음씩 어떤 계시를 향해 인도하는, 적도 평원의 모래 들판에서보다도 영원한 사건에 관한 그의 광활한 직관 속에서 길을 잃었다. 그 계시는 끊임없이 모순되는 것이요, 그를 알아볼 수 없는 자신의 이미지로 길 잃게 만드는 것인데, 그 이미지를 알아볼 수 없는 것은 두 눈의 위치 때문이거나 비교 지점이 없다는 사실 때문이고, 또한 정당한 불신 때문인 것이다, 고고한 정신이 그 속에서 계시된 어떤한 덕성도 증명해내지 못하는 거울을, 하늘의, 다른 존재들의, 무기물들의, 그리고 그 자신의 생각의 유령과도 같은 육화된 모습을 한 거울을 꺼내드는, 그러한 정당한 불신 때문인 것이다.

10. '허밍버드 가든Humming-Bird Garden'[58] 기숙학교

갈퀴로 긁어 관리된, 고요한 그 정원은 높다란 건물 앞으로 푸른 잔디밭을, 그리고 소녀들이 뛰어노는 잘 정돈된 오솔길을 드러내주고 있었다. '드러내주었다'는 표현을 썼으니, 시간대가 낮이었음을 명시해야 했을 터이다. 하나 밤이었다. 완벽하게 푸른 밤을 배경으로 불 켜진 창이 세 개 뚫린 높다란 건물이 솟아올랐다. 멀리서는 훑고 지나가는 바람에 의해 생기를 얻은 숲이 있었고, 올빼미들과 야행성 맹금류들의 울음소리가 울려퍼졌고, 사냥당한 토끼들의 신음 소리가 들렸으며(야행성 맹금류들의 둥지 아래에는 땅 위에 흩어진 그들의 털이며 뼈를 무더기로 찾아볼 수 있다), 지하에서 소리 없이 이루어지는 두더지들의 움직임이 있었다. 상어들과 여객선들이 항적을 남기고 간 바다, 유니언 잭 깃발을 단 어뢰정들이 해안으로부터 그리 멀지 않은 곳에서 왕복하며 가로지르는 바다, 파도에 의해, 돌고래들의 꼬리 짓에 의해, 암초와 부딪

---

58 영어로 '벌새 정원'이라는 뜻이다.

힌 배의 충돌 충격에 의해 요동치는 바다, 새우와 해마의 무도회에 의해 흥거워진 바다, 정어리와 뱀장어의 무리 이동에 의해 반짝이며 깊은 곳의 암초들 사이로는 게와 가재가 득실거리는 바다가 있었다. 무시무시한 자세로 묻혀 미라화되었고, 도적 떼에게 주머니와 짐을 털린 뒤 살해당하여 거기 던져진, 시체들을 감추고 있는 늪지대가 있었다. 새하얀 길들, 반짝거리는 철길들이 있었다. 켄트 백작령이라 불리는 영국의 한 지방, 그곳에서 실제로 보이거나 상상할 수 있는, 아마도 런던인, 어느 대도시로부터 발하는 천상의 반짝임이 있었다.

밤 11시였다. 상당히 어린 한 남자가, 나무뿌리와 고사리 탓에 대단히 힘겹게 숲을 가로질러, 밋밋한 잔디밭으로 둘러싸인 그 붉은 벽돌집을 향해 나아갔다.

조금씩 조금씩 늪지대 뒤편으로부터 피어오른 구름이 하늘을 채워갔다. 미래의 천둥벼락을 품고 있기에 둔중한 구름이었다. 바다 쪽에서 배 끄는 인부들의 외침이 들려왔다.

그 건물의 한 창문으로부터 또렷한 소음이 울려 퍼졌다. 선명하게 들리는 손바닥 소리 그리고 채찍 소리였다. 비명 소리가 높아졌다가, 여러 차례의 비명이 되었다가, 이윽고 단조로운 하나의 신음 소리로 포개어졌다.

어느 방 안에서 35세의 대단히 아름다운 여인, 붉은빛이 도는 갈색 머리의 한 여인이 그녀의 무릎 위에 엎어져 누운 열여섯 소녀를 채찍질하고 있었다. 그에 앞서 손바닥으로 소녀를 때렸던 것이었다. 소녀의 여린 살결 위에는 아직도 다섯 손가락이 남긴 붉은 자국을 뚜렷이 구분할 수 있었다. 벗겨 내린 속바지가 늘어진 머릿결로 얼굴을 감추고 있는 그 희생자의 무릎을 레이스 장식 속에 가두고 있었다. 떨리는 엉덩이 근육이 경련을 일으키며 수축했다. 손자국들은 서서히 사라져가고 있었지만, 대신 여자 교정인correctrice의 가죽 채찍이 남긴 붉은 줄이 나타나는 것이었다. 때때로 채찍질이 소녀의 특정 부위에 상처를 입힐 때마다 소녀는 한층 더 괴롭게 뛰어오르고 그녀의 항문이 반쯤 벌어지곤 했는데, 이 광경은 같은 방의 한구석에서 이번에는 자신이 처벌받을 차례를 기다리고 있는 또 다른 어린 소녀의 마음을 움직이는 관능적인 장면이었던 것이다.

자, 그리고 이제, 검은색에도 불구하고 흰 종이 위에 환기된 저 하늘에서 번개가 내리치게 될 때인 지금, 나는 어째서 이 그림이 그런 식으로 구성되어야 했는지를 이해하게 되는 것이다. 번개, 그리고 어느 열여섯 살짜리 기숙생의 새하얀 엉덩이 위에 내려쳐지는 채찍, 그 둘 사이의 유사성은, 그것만으로 그 기숙학원을 뒤덮고 있던 무감동한 밤에서 폭풍우가 일게끔 할 수 있었던 것이다.

허밍버드 가든 기숙학교여, 너는 분명 내 상상 속에 오래전부터 등장했다. 고요한 잔디밭에 둘러싸인 붉은 벽돌집이여, 처녀들이, 자정의 처녀가 낳은 아들들이 지나감을 느끼며, 일어나지는 않으면서도 각자의 이불 속에서 관능적으로 몸을 돌아눕는 공동 침실을 갖추었고, 권위적인 여인인 여교사의 방을 갖추었고, 그녀의 채찍과 회초리와 승마용 채찍 들이 쌓여 있는 '무기고'를 갖추었고, 흰 글씨로 쓰인 숫자들이 검은 칠판 깊숙한 곳에서 하늘의 별들이 그려내는 신비한 그림과 공감을 나누는 교실을 갖춘, 허밍버드 가든이여. 그러나 네가 무엇인가 수업이 이루어지는 풍경 속에 꼼짝없이 머물러 있는 동안, 아득한 영원에서의 폭풍우는 너의 청석돌 지붕 뒤편으로부터 올라와서, 여교사의 채찍이 열여섯 살짜리 여자 기숙생의 엉덩이에 붉은 줄을 긋는 바로 그때, 번갯불처럼 터지고, 고통스럽게, 마치 번개처럼 내 에로틱한 상상력의 신비로운 비밀을 밝히리라. 번개여, 채찍질이여, 나는 다만 너희들 사이의 유사성을 환기시키기 위해 이 이야기를 썼단 말인가! 그리고 이 폭풍우 치는 밤의 모습을 묘사해야 하는가. 음침하지만 아름다운 여인인 밤을, 해안가에 툭 불거진 암벽을 연상시키게 하는 그녀의 가슴을, 그윽한 그녀의 검은 두 눈을, 그녀 머리의 검은 컬을, 그리고 여름 자두와도 같은 그녀의 낯빛을 묘사해야 하는가. 건장한 한 팔로 잔혹한 채찍을 흔들며, 그녀의 어두운 빛 원피스의 흐트러진 모양새, 그녀의 경탄할 만한 젖가슴과 근육질의 엉덩이를 드러내주는, 그 흐트러진 모양새에도 불구하고 대단히 장중한 걸음걸이를 걸으며 다른 이에게 존경심을 불러일으키는 그녀를.

기숙학교의 불 켜진 그 방에서는 체벌이 거의 끝나가고 있다. 얼굴이 새빨개진 소녀는 말도 제대로 못하고 겨우 우물거릴 뿐

이다. 매를 주는 여인은 또다시 채찍질을 두세 번쯤 더 하고 손
바닥으로 몇 번인가를 때린 뒤, 조심스럽게 올라가 있던 소녀의
고급 내의를 내리고 속바지를 올려주고 희생자 소녀를 일으켜
세우고는, 손가락으로 구석을 가리키며 무릎 꿇고 앉아 있으라
고 지시한다.

그러는 동안, 남자는 계속해서 숲속을 가로지르고 있었다. 한
두 방울씩 떨어지기 시작한 빗줄기는 처음에는 두터운 잎사귀
를 뚫고 내리지 못했다. 비에 젖어 우선은 젖은 먼지의 냄새가
일었던 것이고, 다음으로는 젖은 잎사귀의 냄새가, 다음으로는
젖은 풀의 내음이 올라왔다. 결국 빗물이 걷는 남자 위로 떨어져
내렸다. 그가 걷는 길은 한층 더 거칠어졌다. 질척질척한 땅 위
에서 미끄러져가며, 풀들에 가려 보이지 않는 웅덩이와 젖은 부
식토에 발을 빠트려가면서, 그리고 낮은 나뭇가지들에 잔뜩 따
귀를 맞듯 스치면서, 그는 변경을 향해 나아갔다. 그는 마침내
변경에 도착했다.

약간 낮은 쪽에 펼쳐진 평원으로는 폭풍우 이는 전경이 펼
쳐졌다. 벼락은 번쩍거리는 빛줄기로 때로는 구름의 무른 복부
를 강타했고, 때로는 뭉게뭉게 구름이 낀 숲을, 때로는 어느 집
의 정면을 강타하여 그 집이 하얘지고 귀신 들린 집처럼 무섭게
변하게끔 했다. 천둥은 간헐적인 으르렁거림이 바다의 지속적인
물결 소리에 섞여들게 했다. 바람은 잦아들었다. 뇌우가 쏟아지
다가는 가는 빗줄기가 이어졌고, 그 가는 빗줄기의 단조로움은

영원성에 대한 인상을 주는 것이었다.

남자는 유일하게 불이 밝혀진 집을 향해 나아갔다. 허밍버드
가든 기숙학교였다.

여교사는 자신 쪽으로, 금발에 통통한 체격을 가진 두 번째
아이를 불러들였다. 양쪽 볼에 보조개가 팬 아이였고, 그 보조개
는 이제 자기 차례가 돌아와 여자 형리의 무릎 위에 배를 깔고
엎어져 옷이 벗겨진 아이가 살결을 드러내게 되었을 때, 아이의
희고 활처럼 굽은 엉덩이가 노출시킨, 조그마한 구멍과 같았다.

잠시, 자비 없는 여자 교정인도 잠자코 이 관능적인 광경을
주시했다. 그녀가 곧 붉게 물들이게 될, 그리고 지금은 걷어 올
려진 저 치마며, 속치마며, 내의 더미 속에서 기이하게 감춰져 있
던 흰 살결을. 그녀는 아이의 가터벨트를 끄르고, 스타킹을 무릎
부분까지 내렸다. 한쪽 다리가 속바지로부터 빠져나왔고, 속바
지는 다른 쪽 다리 끝에 매달려 있었다.

그러고 나서 솜씨 좋은 고문가는 오금에서부터 시작하여 포
동포동한 엉덩이를 거쳐 등허리로 거슬러 올라가는 식으로 체벌
을 시작했다. 그녀의 손길이 지나가며 소녀의 찬란한 두 쪽 엉덩
이를, 그 평평한 부위들을 붉게 물들였다. 처음에는 새하얀 덩어
리 같았던 것이 이윽고 붉게 물든 장밋빛으로, 그러고 나서는 거
의 핏빛에 가까운 오렌지색으로 물들었다. 구타를 받을 때면 엉
덩이가 오므라들어서, 그 가운데 그어진 회초리 자국은 아주 짤
막하게 그어진 홈처럼도 보였다. 이내 근육질의 커다란 엉덩이

는 경련에 사로잡혔고, 과도하게 수축과 이완을 반복했으며, 그렇게 함으로써 엉덩이에 뚫린 거뭇한 도랑이 힐끔 보이게 되었고, 그 도랑 안에서는 주름이 지고 털에 덮여 그늘진, 살진 입구가 드러나는 것이었다. 심지어 때로는 마치 남자 친구를 위해 그러는 듯이 소스라치는 듯한 발작이 일어나 허리를 한층 더 휘게 만들었으며, 두 쪽 엉덩이 사이를 벌리게 했고, 또한 성기가 드러나 보이게 했다. 피부 아래에서 혈액순환이 빨라졌다 싶을 때면 체벌 집행인은 갈래 채찍을, 그것 또한 마찬가지로 소녀의 고운 피부에 핏빛 줄무늬를 내는 채찍을 집어 드는 것이다. 그러고 나서는 회초리질이 이어졌고, 그러고 나서는 승마용 채찍질이 이어졌다.

그 남자는 그 집에 이르렀다. 잠시 동안 그의 상상력은 폭풍이 근접함에 따라 초자연적으로 창백해진 저 거대한 건물과도 같았고, 잔디밭의 고요한 정경은 그의 생각을 평온하게 해주었다. 그러나 살결을 후려치는 소리들이 그의 주의를 끌었다. 그는 그 건물의 바로 아래까지 나아가서, 빗물받이 홈통의 배수관을 타고 체벌 소리가 새어나오는 열린 창문 앞까지 기어올랐다.

체벌이 거의 끝나가고 있었다. 이제부터는 구타를 마무리 짓는 일을 손바닥이 하는 것이었다. 체벌인의 양손은 가죽 채찍질을 당하지 않은 몸의 몇몇 부분들을 매운 손길로 후려쳤다.

그러고 나서, 아이가 옷을 다시 입고 일어나자, 여선생도 자리에서 일어나 이렇게 지시했다.

- 낸시 양, 돌리 양과 함께 내 옷을 벗기세요, 잠자리에 들겠어요.

돌리와 낸시가 무릎을 꿇었다. 그녀들은 여교사의 노란 가죽 신의 끈을 풀고, 그녀들의 조그마한 손을 여교사의 속치마 안으로 집어넣어 스타킹을 고정시키던 밴드를 끌러내고 스타킹을 내렸다. 일어선 채로, 그녀들은 세심하게 여교사의 상의와 치마를 벗겼다. 여인은 이제 레이스가 달린 잠옷 바지와 브래지어만 입은 모습이 되었다. 두 장의 의복 역시 제 차례를 맞이하여 바닥에 떨어진다. 탄탄한 두 가슴, 활처럼 휜 엉덩이, 나체의 그녀가 두 소녀를 지배한다, 고정된 의식에 따라 다시 그녀에게 짤막한 고급 내의를 입히고, 거친 그녀의 머리를 땋아주기 전에 그녀의 못된 입술에, 포동포동한 뱃살에, 커다란 엉덩이에 키스를 해야 하는 두 소녀들을 말이다.

그때, 발코니에 매달려 있던 남자가 내리닫이 창을 올리고서는 방 안으로 뚫고 들어왔다. 그는 주머니에서 검은색 리볼버 한 정을 꺼내어 벽난로 위에 올려두었다. 미동도 없이 뚫어져라 그를 바라보고 있는 여교사의 스타킹을 줍더니, 그는 한쪽 스타킹을 돌리의 머리에 씌우고, 다른 쪽을 낸시의 머리에 씌우고서, 마침내 여교사 쪽을 돌아보며 이렇게 말한다.

- 안내하시오.

그녀는 어두운 복도로 앞장서서 나아갔다. 삐걱거리는 문 하나를 밀어젖히고 공동 침실로 들어간다.

서른 개의 새하얀 침상 속에서 서른 명의 소녀들이 자고 있었다. 아니, 그보다는 자는 시늉을 하고 있었다. 밤새 켜두는 야간등이 발하는 떨리는 불빛 아래에서, 대개는 금발이고 때로는 적갈색인 그녀들의 머리카락도 떨리는 듯했다. 여교사가 모두를 깨웠다. 서른 개의 하얀 이불 아래에서 서른 개의 몸뚱어리가 꿈틀거리며 뒤척였다. 눈을 크게 뜬 채로, 소녀들은 무시무시한 독재자와 코르세르 상글로를 주시했다. 그는 새로운 인물이었기 때문이다, 그녀들의 꿈처럼 끔찍하고도 감미로운.

소녀들은 일어나서, 줄줄이 니스 칠한 전나무 계단을 따라 내려왔다. 비는 그쳐 있었다. 정원으로부터는 익히 모든 소설가들이 묘사한 바와 마찬가지의 풀 내음이 올라왔다. 이제 상상해보라. 초록빛 풀밭 위에서 잠옷을 입고 엉덩이를 깐 서른 명의 소녀들이 무릎을 꿇고 있는 모습을.

그렇다면 대단히 문제적인 모험의 주인공은 무엇을 했을 것이란 말인가?

떨리는 저 몸뚱어리들 위로 가해지는 채찍질 소리가 오래도록 울려 퍼졌다. 숲 너머로 새벽녘의 첫 빛줄기가 밝아올 때에야 코르세르 상글로는 저 부드러운 엉덩이들을, 탄탄한 궁둥이들을 매질하기를 멈추었다.

그러고 나서 그는 연인의 매질에 일언반구도 없이 줄곧 동반해 있던, 저 끔찍한 여교사와 얼싸안았다.

다시 한 번, 루이즈 람과 코르세르 상글로가 만난 것이다. 삼종기도의 종소리가 울리자(영국에서도 삼종기도 시간에 종을 울린다), 그들은 헤어졌다. 코르세르 상글로는 다시금 울창한 숲속 길을 향해 나아간다. 루이즈 람은 그녀의 사랑스러운 학생들, 모욕받은 학생들을 침소로 돌려보낸다. 그녀는 머리에 스타킹을 뒤집어쓴 채로 잠들어 있던 낸시와 돌리를 풀어준다.

서른두 명의 소녀들은 정오까지 잠을 잘 것이다. 그러다가 깨어났을 때는 스스로에게 부여된 자유의 감정에 놀라워할 것이다. 정오의 태양이 그녀들의 좁은 침상을 때리는 것을 보면서, 그녀들은 간밤에 일어났던 사건들을 추억할 것이다. 사랑과 질투가 함께 그녀들의 영혼을 괴롭힐 것이다. 그녀들은 기상해야 할 것이고, 학업을 이어나가야 할 것이다. 여교사로부터 채찍질을 당해야 할 때면, 그녀들은 기이한 감동에 사로잡히게 될 것이다. 잔인하고 매력적인 그 유혹자에 대한 기억, 그러한 유혹자를 소유했던 여인에 대한 증오 말이다. 만사가 내가 말한 그대로 흘러간다. 심지어 잠시 뒤부터는 사랑과 맞닥뜨렸던 감미로웠던 그날 아침의 기억을 더욱 잘 떠올리기 위해, 그녀들은 스스로 서로를 때리려 한다. 이제 그러한 여흥이 야생 자두나무 덤불 뒤편에서 벌어진다. 그렇게 둘씩 짝을 지어 그녀들은 서로에게 채찍질을 하고, 가늘고 뜨거운 뱀처럼 핏자국이 엉덩이를 휘감게 되면 그녀들은 무척이나 기뻐하는 것이다. 켄트 백작령의 숲에 둘러싸인 어느 고요한 평원에서 서른 명의 어린 소녀들이 밤이고 낮이고 서로 채찍질하고 있을 때, 그리고 아침이면 말 못할 모종의 자부심을 느끼며 그녀들이 상처 자국을 화장으로 가려가며 그 수를 헤아리고 있을 때, 코르세르 상글로는 고독한 길을 계속해서 나아간다.

저녁이면, 여교사가 평상시처럼 두 사람의 희생자를 골라서 그녀들을 제 방으로 끌고 간다. 그리고 그녀는 그녀들의 엉덩이를, 코르세르에 의해 고통받았던 그 엉덩이들을 분노에 가득 차 때린다. 어쩌면 그녀도 소녀들처럼 고통받고 싶었던 것이었으며, 그리하여 사랑의 증오가 그녀를 자극하는 것이다. 그녀는 코르세르에게 만족감을 주기에는 모자랐던 것이다.

그는 우선 그녀의 학생을 야만적으로 소유할 필요가 있었던 것이다. 그리고 이후로는 그 어떤 것도 고통에 시달리는 저 영혼들을 위로할 수 없을 것이다.

평탄한 잔디밭 위에서 흘러가는 세월에도 불구하고, 또한 가까운 숲의 산책로와 나무에도 불구하고 말이다.

걱정하는 듯한 어둠의 얼굴과 사랑에 빠진 눈길 위로 흘러가는, 그리고 저 흥분한 육체들 위로 흘러가는 세월에도 불구하고, 어떠한 것도 저 영혼들을 위로할 수는 없을 것이다.

그리고 몇몇 밤이면, 평원과 늪지대를 훑고 지나가는 폭풍우가 다시금 기숙학교의 준엄한 파사드와 늪지대를 도깨비불에 비추어 밝혀줄 것이다.

하나 코르세르 상글로가 그 기숙학교에 다시 나타날 일은 결코 없을 것이었다, 결코 약해지지 않는 마음들이, 오늘날 늙은 여자들의 추한 육체 안에서 노화하는 심장들이 그를 기다리고 있는 그 기숙학교에.

11. 울려라, 상테르의 북들[59]이여!

1월 21일이 끝나가고 있었다. 루이 16세가 처형대의 계단을 힘겹게 기어오른다.

코르세르 상글로가 루아얄 거리를 통해 콩코르드 광장으로 빠져나온 바로 그때, 그리고 그가 광장의 거대한 오벨리스크가 사랑스러운 기요틴으로 교체된 모습을 만족스럽게 바라보았을 때, 새하얀 가죽 멜빵을 멘 한 무리의 고수鼓手들은 튈르리 정원 테라스 벽을 따라 도열하고 있었다. 한편, 그들의 지휘관인 장 상테르는 풍성한 갈기를 지닌 땅딸막한 말 위에 올라타 루이 16세가 자동인형처럼 처형대 계단을 밟고 올라가는 것을 바라보며, 군중들이 심판의 장치 주위로 몰려든 것을 보고 있었다. 루이 16세는 사형집행인의 일거수일투족을 힐끔힐끔 보고 있었

---

59   프랑스혁명기의 군인 앙투안조세프 상테르Antoine-Joseph Santerre를 말한다. 상테르는 루이 16세의 처형 당시, 국왕의 마지막 연설을 방해하려 북을 치도록 지시했다고 전해진다.

고, 어쨌든 아주 단순한 행동 하나로 1월 21일을 가장 큰 열광을 자아내는 기념일 중 하나로 변모시킬 것이 분명한 처형 준비를 살피고 있었다. 그 기념일은 매해 기념일이 돌아올 때마다 그것이 지나간 기억을 기리는 것이 되지 않고, 다만 살아 있는 이에게 영원의 이름이 그날에 있다는 것을, 그리고 그날 밤이 아직도 끝나지 않았음을, 연감들이 바뀜에도 불구하고, 연도 표기의 천의 자리의 어색한 변화에도 불구하고 그날 밤은 아직 끝나지 않았음을 산 자들에게 상기시키는, 그러한 기념일 중 하나인 것이다.

북소리가 코르세르 상글로에게 왕이 연설하기를 원하고 있음을 알렸고, 그는 그의 목소리를 저 원시적인 악기의 장중한 소음으로 덮어버리고 싶다는 열망을 느꼈다. 코르세르 상글로는 어떻게 죽어야 할지 알고 있었다. 그는 자신이 죽을 날과 시각을 정해놓았다. 39세가 되기 한 달 전, 6월의 어느 날 새벽. 그는 자신이 어떻게 죽을 것인지 정확하게는 알지 못했다. 다만, 그가 생각하기에는, 샹드마르스에서 아마도 치명상을 입고 죽거나, 그렇지 않더라도 처절한 죽음이리라 추측했다. 에펠탑의 모습마저 드러나지 않는 얇은 주석판 같은 하늘 아래, 암살자들의 그림자가 센 강 쪽으로 사라지고, 그러면 죽음을 맞이하는 감각 속에 사랑했던 한 여인의 추억이 섞여 들어오는 것이다. 그는 죽어간다. 그런 듯하다. 현대의 세계 7대 절경 중 한 곳에서 죽어간다고 생각되었다. 또는 그다음 날, 어느 꺼끌꺼끌한 침상에서 죽어간다. 그의 머리 위로 창백해져가는 아틀리에의 유리창들이 보이고, 누구보다도 일찍 출근하는 노동자들이 아침 보도 위를 메마른 걸음으로 두드리며 지하철역 쪽으로 나아가고 있는 것이다. 그때면 아마도 디드로 대로에서, 높은 신사모를 쓴 검사와 모자를 벗은 의사 사이에서 암살자의 처형이 실시될 것이다. 축축한 물기를 머금은 나무들의 떨리는 모습이 유죄판결을 받은 암살자와 그에게 있어 물질세계가 보여주는 마지막 모습이 되리라. 그러고 나서 아마도 같은 시각에, 그들, 서로가 서로를 모르는 형제들은 꿈의 먹잇감이 되리라. 그 최후의 순간에 있어 그를 빼고는 다른 누구도 입을 벌리지 않기를. 최후의 북소리를 지시하는 일은, 그리고 종합적인 하나의 신비에 입각하여 유혹적인 육체의 입을, 부드럽고도 잔인한 그 입을, 그리고 사랑의 순간보다도 더욱 아름다운 그 두 눈을 감기는 것은 그의 일이 되리라. 전나무 숲이 코르세르 상글로의 생각 속에 솟아오른다. 그 나무들의 몸통과 잎에 몸을 숨기고, 그는 공포정치 아래에서의 단두대형에 참석한다. 그러면 경탄스러운 이들과 경멸스러운 이들의 행진이 벌어지는 것이다. 사형집행인은 언제나 되풀이되는 꼭 같은 몸동작으로 잘린 머리통을 들어올린다. 우스꽝스러운 귀족의 머리들, 자기 사랑으로 가득 찬 연인의 머리들, 유죄선고를 내리는 일이 영웅적인 일이 되는 여인의 머리들. 그러나 사랑이든 증오든, 그것들은 그것과는 다른 행동을 촉발할 수도 있었던 것이다. 종이로 된 열기구 하나가 그 혁명의 무대 위로 가볍게 떠간다. 사드 후작은 그의 머리통을 로베스피에르의 머리통 옆에 놓는다. 단두대의 붉은 머리 구멍으로부터 그들의 두 얼굴이 부각되고, 코르세르 상글로는 1분간의 메달을 경탄하며 바라본다.

샤랑통[60]! 샤랑통! 때때로 고등어들과 외로운 익사자들 간의 전투로 인해 어지러워지는 평화로운 교외여, 너는 이제 그 평온한 낚시꾼의 처소가 되어준다. 낚싯대를 드리운 그, 이제는 거의 찾아볼 수 없는 족속, 아직까지도 꼭대기에 조그마한 깃발을 꽂은, 깔때기 모양의 밀짚모자를 뒤집어쓰는 이 말이다. 미치광이들의 아우성은 너의 폐쇄된 병동에 더는 울려 퍼지지 않는다. 사드 후작도 더 이상은 그곳에, 그의 정신의 독립성을 가져다주지 않는다. 사드, 사랑과 감성과 자유의 영웅, 그에게 있어 죽음이란 곧 감미로움에 지나지 않는, 완벽한 영웅 말이다. 창병 소대의 대원인 우리는 계몽되었고 달변이었던 그 시민이 떠난 것을 애석해한다. 《인민의 벗l'Ami du peuple》[61] 지에 대한 기억을 우리 가운데 강렬히 되살려주기 위하여 그가 찾아낼 줄 알았던 말 또한 더 이상은 우리 공화주의자들의 기억 속에 울려 퍼지지 않는다. 귀족의 일원으로 태어난 시민 사드는 어쨌든 자유를 위해 고통을 감내했다! 우리는 구체제가, 그 앞에서는 악덕이 어떤 가

---

60 사드 후작 등이 감금되었던 샤랑통 정신병원을 말한다. 파리 교외의 생모리스에 위치해 있으며, 2011년까지 운영되다가 현재는 생모리스 종합병원으로 병합되었다.

61 프랑스혁명기에 마라Marat에 의해 발간되었던 일간지다.

림막도 찾을 수 없었던 이 용기 있는 정치 작가를 탄압하는 것을 보았다. 그는 귀족들의 타락한 풍속들을 묘사했으며, 귀족들은 자신들의 증오로 그를 괴롭혔다. 우리는 마침내 혁명이 일어난 해의 7월 초에는, 그가 사람들의 성스러운 분노를 바스티유 감옥을 향해 돌리는 모습까지도 보았던 것이다. 할 수 있고, 또 해야 한다. 정의를 위해, 자유가 탄생했던 7월 14일의 그날에 대해, 사드가 주동자였노라고 인정해야 한다! 그러나 그는 그토록 공들여 일궈낸 그의 작품에서 어떤 혜택도 받지 못했으며, 그가 감옥으로부터, 폭군이 대중적 명성으로부터 그를 떼어놓기를 원했기에 그가 갇히게 되었던 그 감옥으로부터 혁명 이후로도 석 달이 흐른 뒤에야 풀려나게 되었던 것이다. 우리는 석방 뒤에도 그가 공공선과 공동의 안녕을 위해 전념했던 것을 알 수 있다. 그리고 이제, 자비 없는 상테르의 북소리가 이번에는 그를 위해 울려 퍼졌던 것이다. 그를 우리의 경탄으로부터, 그리고 대혁명에 대한 봉사로부터 빼낸 그의 죽음을, 우리는 어떤 앙심도 없이 찬양토록 하자. 아마도 그는 자신의 죽음에서 안식을 찾아낼 것이었다. 그의 걱정과, 번민과, 열정이 이 땅 위에서는 결코 그에게 허락하지 않았을 안식 말이다. 또한 그가 그 품 안에서 잠들어 있는 지고의 존재가, 이성의 여신이, 정의의 승리를 위해 그가 이 땅 위에서 감내해야 했던 고통을 위로해주기를. 공화국은, 이제는 충분히 강해진 우리 공화국은 그의 모범을 후손들에게 전달할 것이며, 또한 공화국의 영광스러운 역사 속에 그의 기억을 받아들이리라.

　정신착란이여, 너는 사드 후작의 명철한 죽음을 찬양하지 않았다. 폭정이 정신의 땅 위에 다시금 자신의 제국을 건설하고, 후작은 제국의 단조로운 북소리가 울려 퍼지는 14년 동안 죽어 있었다.

　무덤들이여, 무덤들이여! 생말로의 암초 위 포말 가운데 솟아오른 무덤들, 또는 실종된 아이들에 의해 원시림 속에 파인 무덤들, 화강암 무덤들, 회양목 화단을 갖춘 무덤들 또는 철사로 엮은 진주 화관을 갖춘 무덤들, 만신전의 차가운 무덤들, 피라미드로부터 멀리 떨어져 있지 않은, 신앙이 침범당한 것에 대해 영혼들이 떨며 전율하고 있는, 도굴당한 무덤들, 분화 중인 화산에서 솟아오른 들끓는 용암에 의해 빚어진, 또는 깊은 바닷속 고요한 해저 무덤으로 자리 잡은, 자연 무덤들, 무덤들이여, 너희들은 인간의 미물성에 대한 우스꽝스러운 증인들이다. 무덤 속에 묻히는 것은 오직 죽은 자뿐이었다. 물질적으로 사망한 이들, 그리고 그들에게는 안타깝게도, 제 경멸스러운 영혼을 경멸스러운 사체에 떼어놓을 수 없이 결합시키고 있는, 죽은 자들.

　그러나 너, 마침내 나는 너를 찬미한다. 네 존재가 내 나날에 모종의 초자연적 즐거움을 안겨주는 그대여. 나는 오직 너의 이름밖에는 사랑하지 않았다. 나는 너의 그림자가 멜랑콜리의 사막 속에 남긴 흔적을 쫓아왔으며, 그 길 위에서 내 등 뒤로 모든 친구들을 남겨두었다. 그리고 바로 지금, 네게서 도망쳤다고 생각되었을 때 나는 너를 다시 만나게 되었으며, 정신적 고독의 가혹한 태양빛이 다시 한 번 너의 얼굴과 몸을 비추고 있다.

세상이여, 안녕! 그리고 만약 수렁 속에 이르기까지 내가 널 쫓아야 한다면, 그리하겠다! 밤 시간 내내, 그리고 또 다른 밤들 내내, 나는 어둠 속에서 빛나는 네 두 눈을 바라보리라. 또한 전기등이 밝혀진 방에서 반사되는 반사광에 힘입어, 환한 파리의 밤 속에서, 밝혀지지는 않았어도 볼 수 있는 너의 얼굴을 보리라. 그토록 부드럽고, 촉촉하고, 사람 마음을 어루만지는 너의 두 눈을 나는 흰 새벽이 올 때까지 바라볼 것이다, 그리고 새벽은 높은 신사모를 쓴 유령 같은 이의 손가락으로 사형선고를 받은 이의 잠을 깨우며, 우리에게 다음과 같은 사실을 상기시키리라. 관조의 시간은 지나갔으며, 이제는 웃고 떠들어야 하며, 또한 태양을, 미친 구름을 뚫고 빠져나온 눈부신 하늘을 면하여, 인적 없는 해안 위에 떠오른 저 쨍쨍한 정오의 태양을, 위안의 태양을 따라가서는 안 되며, 다만 준엄한 구속의 법을, 우아함이라는 감옥을, 삶 속에서의 인간관계에 관한 유사 규범을, 그리고 실용적인 존재에 의해 조각조각 난 꿈의, 말로 표현 못할 위험성을 쫓아야 한다는 것을 상기시키리라.

그리고 만약 수렁 속에 이르기까지 내가 널 쫓아야 한다면, 그리하겠다!

너는 지나가는 여인이 아니라, 머무르는 여인이다. 영원이라는 개념은 너에 대한 나의 사랑에 연관된다. 그래, 아니다, 너는 지나가는 여인도 아니거니와, 욕망의 미로 너머로 모험가를 인도하는 기이한 안내인도 아니다. 네가 내게 열어준 것은 바로 정념의 나라다. 나는 사막에서 그런 것보다도 더욱 확실하게, 너에 대한 생각 속에서 길을 잃는다. 그런데 나는 아직까지 맞닥뜨리지 못한 것 아닌가. 지금 내가 이 부분을 쓰고 있는 때까지도, 내 마음속에서 너의 '실재'에 따른 너의 이미지를. 너는 지나가는 여인이 아니라, 네가 원하든 원하지 않든, 영원한 연인이다. 너를 만남으로써 깨어난 정념의 고통스러운 즐거움이여. 나는 고통받으나 내 고통은 내게 소중하며, 내가 나 스스로를 어느 정도 높게 평가하는 구석이 있다면, 그것은 내가 저 유동하는 지평선을 향한 맹목적인 도정에서 너와 마주쳤다는 그 사실 때문이다.

12. 꿈에 홀림

그날 니스의 해안에는 수많은 군중이, 우아한 군중이 모여 있었다. 해안가의 가장 우아한 도시들, 예컨대 칸의 주민들이 그 국제도시로 수도 없이 몰려들었던 것이다. 그것은 어느 신비롭고 호사스러운 여행자의 도착 이후로, 하나의 수수께끼가 그 도시를 둘러쌌기 때문이었다. 이 여행자는 시미에 지역의 별장을 빌렸고, 그 이후로 축제들이, 그가 주최한, 호사스러운 축제들이 끊이지 않고 이어졌던 것이다. 하루는 그가 '프로므나드 데 장글레'[62]에 온통 동백꽃과 아네모네를, 중간중간에 희귀한 해초들, 큰 값을 치르고 적도의 바다 깊은 구덩이에서 채취해 온 해초들과 통째로 캐낸 흰 산호초들을 섞어 뿌려둔 일도 있었으며, 또 다른 날에는 그가 수없이 많은 기이한 금화들, 알려지지 않은 금화들, 앞면에는 뭔가 석연치 않은 도상이 부조되어 있고 뒷면에는 그 누구도 뜻을 해명해내지 못한 '43'이라는 숫자가 반짝이고 있는, 그러한 금화들을 나눠준 일도 있었다.

지금 하고자 하는 이야기는, '기적의 낚시제'라 이름 붙은 축제에 관한 이야기다. 온통 희게 칠해진 화려한 보트들이 초대객들을 해안에서 그리 멀지 않은 곳, 사전에 정해진 위치들로 인도할 예정이었고, 거기서 초대객들은 어망을 던져 주최자인 그 신비로운 부호가 정성스럽게 준비한 놀라운 전리품을 낚아 올릴 예정이었다.

거기, 뜨거운 모래사장과 반짝이는 자갈 위로 몰려든 초대객 중에는 파비아의 공작 부인과 폴리네시아의 공작 부인, 스웨덴과 노르웨이, 루마니아와 알바니아의 왕자들이 있었고, 수많은 백작, 후작, 자작, 남작과 평민 귀족 중에서도 가장 눈에 띄는 대표자들, 그러니까 산업과 기술 분야에서의 귀족들, 프랑스에서

---

62 '영국인들의 산책로'라는 뜻이며, 니스 지방의 해안 산책로다. 영국인 피한객에 의해 조성되었다는 이유로 붙은 이름이다.

는 또 다른 귀족인 역사적 귀족들에 너무나도 밀접하게 섞여든 평민 귀족의 대표자들도 있었으며, 허영심 어린 사치에 있어서 야금술의 군주와 금융계의 왕과 겨루느라고 무진 애를 쓰고 있는 역사적 귀족의 대표자들 역시 초대객으로 와 있었다.

그런데 그 축제의 주최자는 누구였던가? 누구도 결코 그를 본 적이 없었다. 인도의 왕족은 이 사람 혹은 저 사람이 틀림없다며 몇몇 이들의 이름을 들었다. 미국의 은행가는 다른 사람들의 이름을 주장했다. 그러나 그들 중 누구도 자신의 발언을 증명할 수 없으리라. 각자가 자기 몽상들을 따라갔으며, 그 미스터리에 스스로가 사로잡혀 제각각의 소설적 설명을 덧붙였다. 주최자의 별장은 조심스럽게 모든 방문을 거부하고 있었다. 무분별한 침입을 방지하기 위하여, 그 별난 부호의 수행단을 이루고 있던 마다가스카르 섬 출신 하인들은 별장 담벼락 위에, 그리고 정원을 가로질러 설치된 고압 전선이 결코 침입할 수 없는 방어망을, 섣불리 다가섰다가는 거미줄에 걸린 파리처럼 사로잡히게 되는 방어망을 구축하고 있다고 밝혔다. 그러나 충분한 행운의 도움을 받아 그 별장 안에 침투하는 데 성공한 담대한 이는 보리라. 가면을 쓴 한 젊은이가 그 축제가 열리던 날 아침, 그의 마지막 지시를 하인들에게 내리는 모습을 말이다. 보석을 가득 짊어진 벌거벗은 말레이시아 노예와, 마찬가지로 벌거벗었고 희귀한 생선, 호박 또는 다이아몬드나 진주가 가득 담긴 궤짝, 지나간 문명이 남긴 값진 유물들을 매고 있는 흑인 꼬마들이, 그 위에 보트가 정박할 장소에 설치된 80개의 잠수종 속으로 비밀리에 인도될 것이었다. 그물이 던져지면, 그 그물은 곧바로 어떤 것은 여자로, 어떤 것은 흑인 노예로, 다른 어떤 것은 보물로 가득 채워질 것이었으며, 그렇게 초대객들을 위해 마련된 멋진 선물들을 이루게 될 것이었다. 'X 나으리'의 주위로, 이는 곧 그의 활약이 지역민들의 경탄을 자아내게 했던 해안 도시 전체가 그를 부르는 이름이었는데, 그의 주위로 행사를 감독할 예정인 잠수부들이 모여들었다. 그의 지시에 따라, 그들은 잠수 헬멧만 제외하고 잠수복을 입었다. 검은 가면을 쓰고 있는 그 우아한 댄디가 기이한 복장을 갖춰 입고 있는 원기 왕성한 얼굴의 남자들 앞에서 연설하는 모습은 여간해서 보기 힘든 광경이었다.

그러나 어쨌든 우리는 그 축제가 준비되고 있던 해안가로 돌아가보자. 호사스럽게 잘 차려입은 군중들 가운데서 잘 찾아보면, 루이즈 람의 모습과 뮤직홀의 여가수의 모습을, 그리고 '뷔뵈르 드 스페름' 클럽의 몇몇 회원들의 모습을 찾아볼 수 있다.

분위기는 관능적이었다. 포근한 햇살 아래 저 남자들, 일부는 가문에 의해, 또는 재력에 의해 특권을 인정받아 그들의 확연한 멍청함에도 불구하고 초대받은 이들이며, 또 다른 이들은 정신적인 명성에 의해 초대받은 이들이었으나 그들의 멍청함 또한 눈에 보이지는 않는다고 해도 덜 실제적인 것은 아니었는데, 그러한 멍청한 남자들의 모습은 저 아름다운 여인들, 경탄할 만한 육체를 가진 여인들, 감동적인 눈길의 여인들, 깜짝 놀랄 정도로 아름답고 호사스러운 단장의 여인들이 가진 매력을 한층 돋보이게 만드는 것이었다.

세 무리의 오케스트라들이 방파제 위에서, 하와이 민요와 블루스와 래그타임ragtime 재즈곡들을 번갈아 연주하고 있었다. 그러나 해안가에 모여든 그 누구도, 축제를 주최한 부호가 그들 가운데 끼어 있다는 것을 알지 못했다. 코르세르 상글로는 젊은 클럽 회원을 가장한 채 이 그룹 저 그룹을 쏘다니며 인사를 나누고 있었는데, 그와 인사하는 이들은 그를 또 다른 어떤 축제에서 마주쳤던 것이다. 그는 그들에게 말을 건다. 한때 같은 도박판에 자리 잡았던 이들 또는 우연히 함께 골프를 쳤던 이들에게 말이다.

마침내 작은 보트들이 해안가로 다가왔다. 바짓단을 걷어 올린 건장한 선원들이 낚시꾼들을 각각의 보트에 태웠다. 밝고 화사한 빛으로 색칠한 작은 배들이 부드럽게 모터에 시동을 걸었다. 뱃고물에는 그 배의 매력적인 이름이 새겨져 있었다. '르 제피르 에트왈레', '라 쉬트 데 레오니드', '라 메르 뒤 시야주 파탈'[63], 그리고 기타 등등. 만선이 된 작은 배들은 잠시 그 자리에 멈춰 서 있는가 싶더니, 짤막한 출발 명령에 따라 나란히 여든 줄의 항적을 그리며 난바다로 나아가기 시작했다. 여인들의 화사한 장신구가 햇빛 아래 눈부시게 피어났다. 투명한 바닷물 아

---

63 각각 '별이 총총한 산들바람', '사자자리 유성우', '운명적 항적의 어머니'로 해석할 수 있다.

래로는 평탄한 모래 위로 껍먹은 물고기들이 드리운 그림자들이 지나갔다.

오케스트라들의 음악 소리는 산들바람을 타고 뱃전까지 실려 왔다. 빽빽하게 밀집한 사람들, 초대받지 못한 이들의 무리가 방파제 위에서 그 광경을 바라보고 있었다.

그러는 동안, 보물 낚시꾼들의 무리 가운데서는 웃음소리가 커져만 갔다. 사람들은 이쪽 배에서 다른 쪽 배로 말을 걸거나, 제 손을 바닷물에 담가보거나, 향기로운 담배를 태우고 있었다.

일부 아는 것이 많은 초대객들은 서로 손가락을 들어 올려 두 신사를, 우아하게 차려입었으나 거동이 장중한 두 신사를 가리키고 있었다. 그들은 경찰청에서 파견된 형사로, 모든 종류의 도난을 방지하기 위해, 그것이 배를 모는 말레이시아 선원들에 의한 절도이든, 풍부하고 손쉬운 전리품이 가진 매력에 이끌려 저 경박한 여인들의 주머니 또는 세상 걱정 없는 꼬마들의 주머니를 노릴 수도 있을, 잠재적 도둑에 의한 절도이든, 모든 종류의 도난 방지를 위해 초대객 사이에 섞여든 이들이었다.

코르세르 상글로는 저 배들 중 하나의 뱃고물에서 몽상에 잠겨 있었고, 루이즈 람과 뮤직홀의 여가수는 서로를 꼭 끌어안은 채 설명할 수 없는 불안을 느끼고 있었다.

돌연, 배들의 모터가 돌아가기를 멈췄다. 환상적인 낚시터에 도착한 것이다. 수평선 위로 한 줄기의 흰 포말이 배들을 향해 접근하고 있던 때에, 초대객들은 이미 어망을 던지고 있었다. 사람들은 그 흰 포말에 주의를 기울이지 않았다. 그러나 그것을 지켜보고 있던 선원 하나가 이렇게 외치는 것이었다. "상어들이다! 상어 떼다!"

과연 그것은 상어 떼였고, 재빨리 헤엄쳐 접근해 오고 있었으며, 니스의 모든 사람들이 모여 있던 방파제에서는 대단한 공포의 함성이 솟아올랐다. 작은 배는 달아나기 시작했다. 그러나 상어 떼는 그리 멀리 떨어져 있지 않았다. 갑작스레, 상어 떼가 잠수했다. 길고도 비극적인 한순간이 지나자, 바닷물은 붉은색으로 번져나갔다. 피였다. 그러고 나서 몇몇 상어들은 다시 모습을 드러내어 남아 있는 작은 배를 향해 돌진한다. 코르세르 상글로는 바로 그때……

끝

옮긴이 말

《자유 또는 사랑!》을 한 편의 소설로 읽은 독자라면 분명 당혹감을 금치 못하리라 생각한다. '소설' 장르로 분류되어 있음에도 불구하고 중심 줄기가 될 만한 서사는 부재하는 탓이다. 주인공으로 '코르세르 상글로Corsaire Sanglot'와 '루이즈 람Louise Lame'이라는 남녀가 등장하지만 이들의 등장과 퇴장에는 어떠한 개연성도 찾기 힘들며, 이야기는 차라리 '초현실적' 이미지들의 나열이라고 해야 하지 않을까 싶은 정도로 깊은 반反서사성을 보여준다. 그렇다면 《자유 또는 사랑!》을 이해하는 데 필요한 것은 무엇일까? 그것은 유사한 이미지들의 반복이 생산하는, 또는 가리키는, 어떤 잠재적인 의미가 아닐까?

코르세르 상글로의 여정에서 제시되는 '사랑'의 이미지는, 우리가 흔히 생각하는 아름다운 사랑과는 거리가 먼 것이다. 뷔뵈르 드 스페름 클럽의 동호인들이 회상하는 연애담을 떠올려보면, 그들의 사랑이란 하나같이 대상의 착취, 파괴, 학대로 이루어져 있음을 알 수 있다. 이는 관능의 추구가 지극히 부각된 사랑의 모습이며, 관능과 폭력이 얼마나 긴밀하게 결합되어 있는지는 '살인마 잭'에 대한 반복적 언급이 잘 나타내주고 있다. 무엇인가 심각하게 잘못되어 있다. 사랑은 상호적 관계가 아닌 일방적인 지배로 표현된다. 대상으로부터 자유를 박탈하는 것, 나의 관능을 마음껏 충족하는 것. '사랑'은 그렇게 루이즈 람 앞에서 가죽을 벗는 짐승의 행위가 되며, 기숙학교 여학생들에게 가하는 코르세르의 구타가 되고 만다.

반면 자유란 무엇인가? 자유란 구속되지 않는 것이며, 지배에 대한 저항이며, 혁명으로 그려진다. 끊임없이 루이즈 람을 떠나고, 사이렌을 내팽개치며, 연인을 거부하는 코르세르 상글로의 모습이 바로 자유다. 루이즈 람과 관계를 맺을 때, 코르세르의 시선이 고정된 '끊임없이 되돌아가는' 일력은 끝없는 '모험'의 반복과 새로운 사랑의 시작을 의미한다. 언제까지 되돌아가야 하는가? 사랑과 자유가 혹시 화해하게 될 그때까지, 실패한 혁명이 결국 성공할 그때까지 되돌아가야 한다. 이 과정에서 많은 옛 주제들이 '새로운 세례자 요한'인 데스노스의 상상력으로 새롭게 반복됨을 볼 수 있다. 예수 그리스도의 일대기는 베베 카돔의 일대기로, 잔 다르크 전설은 잔 다르크앙시엘 전설로 치환되는 식이다. 그리스도와 잔 다르크 모두 해방자의 이름이었다. 해방은 이루어졌던가?

자유로운 자가 되면 사랑을 할 수 없고, 사랑하는 자가 되면 자유롭지 못하다. 그러한 딜레마 속에서 코르세르(해적)와 상글로(오열)는 하나의 이름이 된다. 따로 떨어트려놓고 보면 심히 진부하기조차 한 사랑과 자유 사이의 갈등이 이렇듯 다채로운 이미지를 띠고 끊임없이 이어진다. 이때 사적인 영역과 공적인 영역의 구분은 흐릿하다. 데스노스의 세계에서 가장 은밀한 연애담과 혁명의 역사는 같은 무게로 다루어진다.

역자는 수수께끼와 같은 이 소설을 해석하기 위한 가장 중요한 이미지로서 '헤엄치는 여인nageuse'을 제시하고자 한다. 제목에서 '또는ou'으로 묶이는, 따라서 길항하는 두 항인 자유와 사랑을 화해concilier시킬 구원자가 바로 헤엄치는 여인이기 때문이다. 그런데 헤엄이란 스스로가 뛰어든 죽음의 가능성 속에서 그 죽음에 반대하는 지속적인 노고가 아니던가. 사랑이 투쟁과 갈등, 폭력과 죽음을 내포하고 자유가 그로부터의 도피를 의미한다면, 헤엄이야말로 자유와 사랑 사이의 극적 일치 또는 화해를 보여주는 것이다. 소설이 해안가에 출몰한 상어 떼의 모습으로 끝나는 것은 분명 우연이 아닐 것이다. 이는 '헤엄쳐 올 여인'마저도 안이한 해결사로 두지 않으려는, 데스노스의 역동적 사유에서 기인한 것이 아닐까? 저자의 사망으로 갑작스레 시작된 이 이야기는 끝 또한 마칠 생각이 없어 보인다. 말줄임표로 끝나버린 이상 말이다……

이 글은 해석의 한 가지 가능성에 대한 단초에 지나지 않는다. 우선은 구애되지 않고 자유로운 연상에 몸을 내맡기는 독서를 권한다. 이를 가로막는 모든 오역과 미진함은 전적으로 역자의 잘못이다.